KB138016

마침표 없는 편지

창 시 문 학 열 아 홉 번 째 이 야 기

창시문학회 지음

장의순 박하영 백미숙 전정숙 장정자 김용구 김건중
김문한 이주현 노정순 이종선 윤복선 이비아

초판 발행 2016년 11월 24일
지은이 창시문학회

펴낸이 안창현 **펴낸곳** 코드미디어
북 디자인 Micky Ahn
교정 교열 백이랑
등록 2001년 3월 7일
등록번호 제 25100-2001-5호
주소 서울시 은평구 갈현1동 419-19 1층
전화 02-6326-1402 **팩스** 02-388-1302
전자우편 codmedia@codmedia.com

ISBN 979-11-86104-47-7 03810

정가 10,000원

이 책의 판권은 지은이와 코드미디어에 있습니다.
잘못 만들어진 책은 교환해드립니다.

마침표 없는 편지

창 시 문 학 열 아 홉 번 째 이 야 기

창시문학회 지음

소중한 한 해의 수확을 거두며

가을이 불현듯 시작되더니 봇물터진 냇물처럼 하루가 다르게 겨울로 치닫고 있는 느낌입니다. 하지만 여기 창시문학회 19년의 열정은 올해도 활화산처럼 뜨겁게 타오르고 있습니다.

사무엘 울만은 '청춘은 인생의 어떤 시간이 아니라 마음가짐을 말한다. 인생의 깊은 샘의 청신함을 말한다. 때로는 20대 청년보다도 칠십세 노인에게 청춘이 있다.'라고 했습니다. 우리 회원님들 열아홉 번째 동인지 출판에 모두가 축배의 잔을 들어 올립시다. 지난 일년 회원님들의 도움으로 제가 회장직을 수행한 것을 감사드리며 1년을 회고해 봅니다.

그동안 개인 시집으로 김건중 선생의 첫 시집 『길 위에 새벽을 놓다』, 김문한 선생의 제 3 시집 『바람이 되어 흘러간다』를 출판하였습니다. 김문한, 김건중 두 선생님이 남산 문학의 집에서 문파문학 특별상을, 금년 3월에는 이주현 선생이 문파문학 신인상에 이어 9월에는 노정순 선생이 문파문학 신인상으로 등단하였습니다. 우리 회원님들의 부단한 노력으로 푸짐한 수확을 거둔셈입니다.

여름 나들이로 남산산성 행궁을 찾아 우리나라의 역사와 문화재를 감상하는 소중한 시간을 보내기도 했습니다. 물과 흙의 놀이터인 양평 잔아 문학관에서 문파문학 야유회의 시낭송, 보물 찾기로 초가을의 즐거운 시간을 가졌습니다.

창시 회원 여러분, 동인지 출판에 적극 협조해 주셔서 감사합니다.

창시문학회 회장 김용구

읽기, 그 매혹의 시대

지연희(시인, 수필가)

SNS 시대이다. 이제 좋은 글은 종이에 머물러 있지 않고 어떤 형태로든 독자와 공유하는 場을 만들어야 한다. 요즘은 아무리 유명한 작가라 해도 독자와 함께 하는 소통의 마당을 만든다. 북 콘서트, 노래와 함께 작품을 해설하는 시간, 즉석에서 독자의 질문을 받아 답을 주고 작품을 읽으면서 공감대를 나누는 시간을 갖는 것이다.

문명 이전 물질적 정신적 깨우침에 무지했던 인간의 삶은 원시시대, 석기시대에서 청동기시대를 넘어오면서 마을을 형성하고 무리를 이루어 살기 시작했지만 창조적 사고는 개발되지 못했다. 사람들은 점차 강가에서 농사를 짓는 등 각종 문화를 만들어 나아가며 자연재해를 극복하기 위해 하늘에 제사를 지냈다. 제사장의 주문은 재난을 이기는 절대적 힘이었고 그의 노래는 오늘날 시의 시원이라 일컬어 지고 있다.

문자가 만들어지기 이전 주술사의 주문은 온몸으로 던지는 절대적 기원이며 기도였다. 때 묻지 않은 순연한 감성의 발로이며 가슴으로 부르는 노래였다. 시는 가슴 속 감정의 가닥이 활자화되기 이전에 낭송으로부터 시작된 셈이다. 최남선 시인이 「해에게서 소년에게」를 발표한 1908년으로부터 한국 현대시 100년의 역사를 이어오는 동안 수많은 시인들의 시는 묵묵히 종이 위에 언어로 대리 된 감성을 앉히고 이들 언어를 음률에 실어 읊어왔다.

1993년도 초입 한국낭송문학회라는 명칭으로 낭송도 문학의 일부임을 본격적으로 주창하며 낭송시대를 열어야 한다는 그룹이 생겨났다. 원고지 위에 문자로 구현된 문학은 '낭송'이라는 읽힘으로 접목되어야지만 의미가 완성된다는 견해였다. 이는 독자에 대한 지극한 배려이며 독자를 문학 저변으로 깊숙이 끌어들이는 방편이 된다고 믿었다. 세종문화회관에서 시화전을 열고 이들 시를 배경음악에 맞추어 낭송하여 도심의 낮 정오의 거리축제로, 직장인의 점심시간을 활용하는 짧은 휴식공간으로 감미롭게 변화시켰다.

이제껏 율격을 중시하는 시문학의 낭송은 어쩌면 매우 자연스럽게 낭송의 절대적 장르로 인식되어 시간과 함께 성장했다고 본다. 낭송문학회의 발족 이즈음 한 가지 주목할 만한 일은 수필 낭독의 시도였다. 한 편의 수필이 낭독되어지고 이를 춤으로 형상화시켜 세종문화회관 분수대 야외무대에서 공연되어지는 일은 수필문학 낭독의 가치를 인식시키는 획기적인 사안이었다. 당시 육완순 무용단의 공연은 수필문학과 춤이 어우러진 예술 공연의 극치를 보여주었다고 생각된다.

낭송이나 낭독이 공연의 성격을 가진 것은 역사가 깊다. 고대에는 호메로스의 「일리아드」 같은 서사시를 읽어주는 사람이 청중들에게 들려주던 흥미진진한 옛날이야기였다. 조선 시대에도

입담 좋은 이야기꾼들이 춘향전이나 장화홍련전 등을 읽어주었다. 임진왜란과 병자호란을 전후한 시기, 중국소설이 들어오고 그 소설을 번역한 국문소설이 나타나면서 읽기가 확산되었다. 그러자 독자가 사대부 남성은 물론, 사대부 여성과 중인, 서민층으로 퍼져나갔다. 부녀자들은 비녀나 팔찌를 팔아 책을 빌려 읽었고 전문적으로 책을 읽어주는 '강독사'도 탄생했다.

영국에서는 이미 찰스디킨스가 극단을 창단하여 1847년에는 빅토리아 여왕 앞에서 공연하였고 윌키 콜린스의 멜로드라마 〈꽁꽁 얼어붙은〉을 제작하기도 했다. 1853년부터 〈크리스마스 캐럴〉을 가지고 첫 낭독회를 연후 기회가 있을 때마다 영국 전역을 돌아다니며 낭독회를 열었다. 디킨스의 낭독회는 해외까지 인기가 있어서 스코틀랜드와 미국에서도 열렸다. 디킨스의 낭독회가 인기 있었던 이유는 스토리와 연기와 노래가 있어서였다.

이제 문학은 낭독 시대라고 본다. 수필은 사실 체험을 기조로 펼치는 이야기 문학 장르이다. 다만 그 이야기의 저변에 필자의 삶의 철학이 묻어나는 사유가 배제된다면 문학으로의 가치를 잃고 마는 매우 신중한 문학이라고 믿는다. 훌륭한 한 편의 문학수필이 아름다운(희로애락) 삶의 이야기로 구조되고 이 이야기를 진솔하게 읽어나가는 낭독의 자리라면 어느 장르 못지않은 감동을 맛보게 될 것이다.

2015년 대구의 한 문학단체에서 제1회 전국수필낭독대회가 개최되었을 때 한 편 한 편의 수필을 암송하는 참가자들을 바라보면서 수필낭독의 미래가 확대되리라는 확신을 얻었다. 가능한 시나 수필낭독의 시간을 확대하여 문학이 독자들과 혼연일체가 되는 보편타당한 생활문학으로 자리매김 되기를 노력하고 있다. 해마다 지역과 지역을 탐방하여 개최되는 전국수필가들의 화합과 친목의 장인 '수필의 날'에도 수필낭독대회가 펼쳐진다. 잔잔한 할머니의 옛이야기 같은 삶의 애환을, 생기발랄한 젊음의 미래지향적 기백을 감동적으로 감상할 수 있는 시간이다.

문학은 그 어느 때보다 작품의 수준이 향상되었으며 사이버시대, 무한복제로 모든 활동이 재생산되고 콜라보레이션으로 확대되는 르네상스시대, 낭송문학은 없어서는 안 될 장르로 자리매김하고 있다. 인터넷 상의 다양한 콘텐츠에 적용되고 있는 짧은 시나 수필은 현재와 미래문학으로의 전망을 확신하게 한다. 영상과 함께 낭독되는 카카오스토리 등 스마트폰에 올려진 참신한 낭독은 장소와 시간을 넘어 쉽게 공감할 수 있는 문학 감상이 된다.

조용히 지난 삶을 반추하며 내일을 설계하는 마음으로 명상에 들듯이 한 편의 좋은 시 수필이 낭독되어진다면 마음 가난한 사람들에게 위로가 되지 않을까 싶다. 절망에 빠진 사람들, 아픔을 견디지 못하는 사람들, 용기를 잃어버린 사람들에게 들려주는 삶의 이야기는 어둠을 비추는 한 줄기 광명한 빛처럼 일어설 수 있으리라 믿는다. 조석으로 찬바람이 불어와 마음에 그림자를 더할 때 낭독은 따뜻한 아랫목의 훈기를 지펴줄 것이다.

Contents

Contents

Contents

이종선

윤복선

Contents

이비아

마침표 없는 편지

창 시 문 학 열 아 홉 번 째 이 야 기

장의순

P R O F I L E

일본 동경 출생. 문학시대 신인상 등단, 한국문인협회 회원
문파문학회 부회장, 시대시인회 회원, 용인문단, 창시문학회 회장 역임
저서 : 시집 『쥐똥나무』 공저 『문파문학』, 『문파대표시선집』, 『창시문학지』, 『한국대표시선집』 외 다수

간 맞추기

음식 맛은 간으로 결정된다
짜다
싱겁다
늘 하는 일이지만
간 맞추기가 어려워

사람의 됨됨이도
간이 맞으면 좋으련만
타고난 개성과 취향이 있어
깐깐한 사람
싱거운 사람

이성적인 차가운 사람
남을 즐겁게 하는 헐렁한 사람
잘난 사람
못난 사람
다 제 몫을 할 때가 있다
모두가 똑같으면 무슨 재미.

바람 바람은

너는 나에게
웃음을 주었고
다시 눈물을 주었다

너로 인해
기쁨의 무한한 우주를 알았고
너로 인해
슬픔의 아득한 깊이를 알았다

기쁠 때는
바람 속에서 실컷 웃어라지
슬플 때는
바람 속에서 실컷 울어라지

웃고
울고
마음속 찌꺼기
다 빠져나가면 평온해지겠네.

뻐꾸기 시계

우리 집엔 15년 된 뻐꾸기 벽시계가 있다
시간마다 뻐꾸기가 나와 시간을 알려줬다
물레방아가 돌아가는 정원에서 고풍스러운 드레스와 턱시도를 입은 젊은 연인 한 쌍이
포스터의 '꿈길에서' 곡조에 맞추어 춤추곤 했다
우리는 세상에서 가장 아름다운 시계라 여겼다
며칠을 듣다 보니 너무 시끄러웠다
댄스를 중지시켰다
한참 지나니 뻐꾸기 소리도 시끄러웠다
눈치챈 뻐꾸기는 어느 날부터 나오질 않았다
그리고 많은 세월이 흘렀다
요즘 잊어버렸던 뻐꾸기가 이따금씩 나와서 노래 부른다
왠지 싫지 않고 오히려 미안하다
닫힌 새장 속이 얼마나 답답했길래
뻐꾸기야 내가 15년 전으로 돌아갈 수만 있다면
신도시 새집에 이사 와서 떠들썩했던 그때로 돌아갈 수만 있다면.
뻐꾸기야 날개도 닦아 주고 먹이도 많이 줄게 우리 다시 함께 노래하고 춤을 추자꾸나.

봄의 소리 왈츠

입춘이 오면
FM 라디오에서 콩나물들이 춤을 추며 떠다닌다
봄의 들녘을
하 하 하 웃으며
머리카락 날리며 옷자락 펄럭이며
먼 데서 가까이로 가까이서 멀리로

내 기억의 맨 밑바닥
흙 내음 아련히 풍기는 고향이 있었다
도란도란 내 부모형제 모여 살았던 곳
바람은 차갑지만 햇살은 따뜻했어
옷섶을 여미도 마음은 솜사탕
가난했지만 그때가 더 행복했다

땅과 하늘을 오르내리는
환희의 목소리
하 하 하 웃으며
새로운 순환은 봄의 소리 왈츠*에서 시작된다.

---

* 봄의 소리 왈츠: 요한스트라우스 작곡

아르페지오네 소나타

당신으로 인해 영원히 추억될
이제는 세상에 존재하지 않는 악기
당신이 아니었으면
어찌 아르페지오네[1]의 이름이
지금 인간의 기록 속에 또렷이 남아 있을까

나는 아르페지오네
세상에 태어나 짧은 생애를 마친
고만고만한 현악기였지
억겁의 인연 속에서
고작 31년을 살다간
천재 슈베르트를 만난 것은 참으로 행운이었어

아르페지오네 소나타[2]
생명의 소리를 만들어준 匠人의 魂이 위로받을 것이요
아르페지오네 소나타
낙엽 휘날리는 가을날
감미롭고 중후한 저음 악기의 선율에는
낭만과 우수와 비애가 묻어있는 당신의 예술혼이
나의 목소리로 오롯이 담겨져 있네요.

---

1) 아르페지오네: 19세기 초에 쓰인 첼로와 비올라의 중간 현악기
2) 아르페지오네 소나타: 슈베르트가 작곡한 소나타

세월은

옷깃을 여미도록 서늘하다
덥다고 투덜거리던 때가
어제인 듯한데
따뜻함이 그리운 계절이다

세월은
꺼꾸로 거슬러 오르는 게 아니라
강물처럼 흘려보내고

우리는
비 온 뒤의 물고기처럼
거슬러 거슬러 오른다
그곳이 어딘지도 모르고.

시작이 반

꿀 같은 주말이 지나고
투쟁한 월요일도 밤이 되었으니
오늘도 다 간 셈

봄이 시작된 게 엊그제 같은데
벌써 가을인 것처럼
시작이 반이랬다
나의 삶도 반을 훌쩍 넘겨 가을이다

긴- 날 같았지만 짧게만 느껴지는
지금도
내가 무얼 하고 있는지를 몰라
어차피 태어날 때 시작이 반이 아니었던가
세월에 매달릴 수도 없고
세월을 재촉할 이유도 없지.

오월을 달린다

일곱 명을 실은 렉스튼 차 속
기사 문우님은 음악 CD를 많이 갖고 있어
차 속은 달리는 음악실

달팽이집 짊어지고
뱅뱅 돌던 마음도 느슨해져
흐르는 리듬 속에 파묻힌다

차창 밖은 온통
부드러운 오월의 잎새들이 춤을 춘다
아카시 꽃 이팝나무 꽃이 하얗게 향기를 뿜어내고
애기똥풀 꽃 씀바귀 꽃이 노랗게 언덕을 물들였다

꽃과 노래와 문우님이 있는 곳
이곳이 지상의 낙원이 아닌가 싶다.

안개 속 과천 저수지

호수인가 싶더니 저수지였다
하늘도 땅도
경계를 지워버린 안개는
은회색 실크 천으로 물결로 이루고
고요한 새벽의 여백을 채운다

건너편 하얀 아치형의
긴 다리에 휘감기는 뿌연 기체
가로수 앙상한
메타세콰이어의 허리춤까지 차올랐다

손이 닿는 가장자리엔
봄비에 흠뻑 젖은 실버들
가지 끝마다 투명한 잔구슬을 달았다

무언가 설레인다
누군가 그립다
이대로 머물고 싶다
열린 한 폭의 수묵화 앞에 이리도 외로워짐은.

염라대왕의 고뇌

대부도 갯돌 밑에서
잡아온 새끼 게 한 접시분
소금물로 바다를 만들어 준다
굴이며 바지락 고동도 함께 넣어 준다
하룻밤 자고 나니 절반이 죽었다

아침저녁으로 새 바다를 만들어줘도
자고 나면 절반씩 줄어든다
닷새째 아침엔 일곱 마리만 살아 굴딱지 위에 올라 얼굴을 매만지고 있다
까맣던 게 등은 희끄무리해졌다
그래도 가까이 가면 얼렁 숨는다

너를 왜 잡아 왔을까
살릴 수 있는 길은 고향에 놓아주는 길뿐인데

'나는 사람이니까'
'나는 인간이니까'
소금으로 바다를 바꾸어준다

엿새 되는 날

다섯 마리만 살아남았다
굴 껍질을 다듬어 넣어준다
여드레 된 날에도 다섯 마리는 숨바꼭질하고 있다

오늘도 나는 바다를 만들어주고 멸치를 가루 내어 뿌려준다
@@@@@@
마지막 한 마리는 32일 만에 끝을 맺었다
과리나무 밑에 수목장해 주었다.

제라늄

빨강과 분홍 색깔의

제라늄이

베란다 창가에서 겨울 내내 다투어 핀다

아무도 손봐주지 않아

겨울 먼지를 뒤집어쓰고도 끈기 있게 피고 있다

어쩌다 물 한 모금 얻어먹고

송알송알한 꽃송이를 한참 피우고 시들해지면

또 옆구리에서 꽃대가 쏘옥 올라온다

향기는 별로지만 탐스러운 꽃송아리가 어느 꽃보다 귀엽다

그는 처음

늦가을 찬바람에 아파트 출입구에서 초라하게 온몸에 페인트를 뒤집어쓰고 있었다

그와 우리가 이 집에 함께 이사 온 지 2년이 넘었다

報恩이라도 하듯 사계절을 쉬임 없이 꽃피운다.

과꽃

진하게 붉지도 아니한
수더분한 아지매같은 꽃
무리 져 흔들리는 꽃잎 위로 꿀벌들이 윙윙거리고
호랑나비와 흰 꼬마나비도 쉬임없이 분분한 걸 보니
인심 좋은 아지매꽃이 분명하다
자잘한 꽃잎으로 둘러싸인 중심엔
푸지게 샛노랑 꽃방석에 꿀벌들이 머리를 처박고 있다

폭염에 시달렸던 지난여름
한더위가 물러간 자리에 피어난
과꽃
마음에 평화가 찾아온 듯하다.

초봄, 풀꽃들의 향연

햇님은 무지개 손

파란 손으로 쓰다듬으면
　　파아란 싹이 돋아나고
　　노란 손으로 쓰다듬으면
　　노오란 꽃이 피고
　　빨강 손으로 쓰다듬으면
　　빠알강 꽃이 피고
　　말간 손으로 쓰다듬으면
　　하이얀 꽃이 핀다

민들레 꽃다지 제비꽃 냉이꽃
　　이름 모를 풀꽃들이
　　하하 호호 후후 히히
　　간지럽다고 웃는다

꽃샘추위가 뭐라든
　　키 큰 나무 잎새들이 춤추기 전엔
　　우리들 세상이라고, 실컷 까불어 보잔다

포장용 에어캡 2

무료한 날
공짜로 찾아온
포장용 에어캡

그냥 주저앉아 엄지와 검지가 즐기는
안달 나는 유희는 속도를 더한다

뽁 뽁 뽀드드득
캄캄한 밤하늘이 아니어도
투명하게 날아가는 생명의 불꽃
촉감이 누리는 소리의 쾌감은 황홀하다

무공해 폭죽 터트리기
망중유한忙中有閑이라
만만한 분탕질의 포만감
때로는 어른 아이의 엄마에게도 장난감이 필요했구나

소음騷音

십육층 아파트
새벽 다섯시
부엌 쪽으로 난 창문을 여니
와락 달려드는 굉음

저기, 고속도로 위를
분분히 나르는
별난 유성의 불빛들이
새벽의 고요를 흩트러 놓는다

밤이면
더욱 또렷해지는
소리의 성향

우리는 날마다
소음을 먹고
가슴엔 알 수 없는 삶의 날을 세운다

박하영

마음 뿌듯하게
기억 속에 저장한 이야기를
삶이 지루하고 지칠 때
보석처럼 꺼내 보련다

PROFILE

전남 함평 출생. 『창조문학』 시 부문 신인상, 『현대수필』 신인상 수상
창시문학회장 역임, 문파문학회장 역임. 현대수필, 분당수필 회원
수상: 창시문학상. 저서: 시집 『직박구리 연주회』 『바람의 말』

4월 어느 날

온통 하얀 꽃비가 내리던 날
꽃을 보겠다고 진해로 단양으로
누비며 돌아다녔다
세상이 이런 날만 있었으면 좋겠다고
깔깔깔 웃기도 하면서
분분히 흩날리는 꽃비에 취했다
집에 돌아온 날 밤 피곤한 눈을 감으니
꽃비는 아직도 무수히 휘날리며
나를 꽃 속에 묻어버렸다
꽃들은 용케도 나를 따라와
내 잠자리까지 스며들다니
난 꽃 보러 다닌 게 아니라
꽃 속에 숨어있는 너를 찾으러 다닌 걸
이제야 알겠다
꽃이 지고 말면 너도 없다는 걸
왜 그땐 몰랐을까
밤새도록 꽃비 맞으며
깊은 꿈속에 빠져들었다

10월의 마지막

가을바람은 마음까지 휩쓸고 지나간다
숲속의 나뭇잎들은 벌써 떠날 준비를 다 하고 있다
한바탕 휩쓸고 지나가면 나뭇잎들은 발버둥 치다가
기어이 낙하하고 만다
사람들도 가을을 탄다
가을바람이 불기 시작하면 마음이 허허롭다
후두두둑 지고 마는 나뭇잎의 신세를 한탄한다
머잖아 내 모습을 보노라니 가슴까지 시리다
10월의 마지막 날
가을바람을 맞고 싶어 집을 나서는 사람은
참 쓸쓸한 사람이다
덧없이 지는 나뭇잎처럼
시린 바람을 맞으며 갈 길을 재촉한다

고흐가 사랑한 마을 아를

아를의 별이 빛나는 밤이 탄생된 론 강변
잔잔하고 평화로워 보이는 강물은 변함없이 흐르고
도심을 뒤로한 그곳에서 별이 빛나는 밤을 만날 수 있었음은
하늘이 내려준 축복이었다
밤의 카페 테라스의 배경이 된 카페 반 고흐
아를에 대한 추억과 휴식이 서려 있는 곳
그곳에서 많은 작품이 구상되고 탄생되었을 거다
지금도 여전히 노란색으로 치장된 채 성업 중
고흐가 먹여 살리는 카페가 되었다
그 골목은 해가 이슥해지고 조명이 아련할 때쯤이면
고흐의 작품처럼 더욱 운치가 깊어진다
고흐가 사랑할 수밖에 없었던 낭만의 도시 아를의 밤은
나그네를 다독이며 오늘도 조용히 깊어간다

샤갈이 잠든 생 폴 드 방스

샤갈의 자취를 찾아 나선 생 폴 드 방스
바다가 한눈에 내려다보이는 아담한 요새 도시
14세기의 모습 그대로 보호받고 있는 유적지
프랑스에서 가장 아름다운 마을로 손꼽히며
예술가들의 갤러리며 작업실이 70여 개에 이르고
샤갈의 제자들이 지금도 많이 남아 작업하는 곳
작은 갤러리와 공방, 레스토랑, 예쁜 가게가 줄지어 있는 골목길
어디선가 예쁜 요정들이 금방 출몰할 것 같은 오래된 돌담집
담쟁이 넝쿨 속의 돌담벽, 앙증맞은 돌길, 분수길이 끝날 즈음
샤갈이 잠든 공동묘지에 이른다
머리 숙여 잠시 묵념하고 샤갈의 무덤을 바라보노라니
사람은 가도 이름은 남는 법 그 이름 헛되게 하지 말아야지
교훈 하나 새기고 돌아서는 길
이곳에 눈이 온다면 오랫동안 꿈꾸던 샤갈의 눈 내리는 마을을 보러
다시 한 번 이곳에 발자국을 찍고 싶다

꼬모 호수를 끌어안고

스위스와 북이탈리아가 만나는 국경지대
끝없이 이어지는 강줄기 따라 이뤄지는 넓은 호수
알프스 산맥으로 둘러싸인 경관이 호수를 더 포근히 끌어안고
산자락 따라 그림 같은 별장들 햇살에 반짝이며 눈이 부시다
넘실거리는 푸른 물결 따라 배를 타고 호수 한 바퀴 도니
평화와 행복의 물결이 가슴에 출렁거린다
동네 작은 호수만 봐도 가슴이 뛰었는데
아름다운 꼬모 호수를 유람했으니 기쁨의 물결이
찰랑찰랑 호수 위에 넘친다
이곳에 발자국을 찍은 것만으로도 행복한 사람
호숫가 카페에 앉아 카푸치노 한 잔을 마시며
여행의 진수를 만끽한다

남프랑스 에즈ÈZE 마을

길가를 수놓는 아스팔라 티 노란 꽃길 따라
높은 언덕 위에 그림처럼 보이는 중세기 마을
수백 년 묵은 고목 한 그루, 오랜 세월의 증표로
마을을 지키고
오르는 골목마다 담쟁이 넝쿨 뒤덮인 푸른 돌담집
중세기를 버텨온 흔적 역력하다.
마을 끝까지 오르니 숨어있던 열대정원
문을 열고 신비한 모습을 드러낸다.
수백 년 자랐을 키다리 선인장이 즐비하고
화사한 꽃 벌떼들 노닐며 향기 진동한다.
신비의 생명력이 감싸고 도는 정상에 올라
짙푸르게 펼쳐진 지중해를 바라보니
가슴을 짓누르던 10년 묵은 체증이 뻥 뚫린다.
발아래 펼쳐진 바닷가 마을, 꿈에 그리던 마을
꿈이 아닌 현실이라는 것 확인하며 내려오는 길
아름다운 전설로 오래오래 남을 동화 속의 에즈 마을
마음 뿌듯하게 기억 속에 저장해 두고
삶이 지루하고 지칠 때 보석처럼 꺼내보련다.

꿈의 나라 안도라

피레네 산맥 어디쯤 꿈같은 도시가 있다 했다
우리나라 여의도보다 작은 어머니 품 같은 도시
프랑스의 대통령과 스페인의 주교가 국가 원수를 대신해주고
온 나라 가게가 면세점이고 스키와 온천의 천국
유럽의 슈퍼마켓으로 불리며
세계 최고의 장수국가로 인정받은 관광의 나라
신들의 온천이라 불리는 안도라라베야의 칼데아 온천은
물이 좋기로 유명하고 유럽에서 가장 큰 온천을 자랑한다
오래된 바위가 깔려있는 고풍스러운 거리를 산책하노라면
사방으로 둘러싸인 피레네 산맥의 품 안에 아담히 터를 잡은
자치국가 안도라는 나그네에게 고향처럼 정겹게 다가온다
작은 나라이면서도 부자이고 복지가 잘된 나라
세계 최고의 온천과 스키와 면세의 나라
아름다운 피레네 산맥의 산자락마다 노란 꽃들이 지천으로 깔린
그곳은 내가 그리던 꿈의 나라, 바로 유토피아였다

백담사 계곡에서

유난히 단풍이 짙어가는 백담사 계곡
오를 때마다 그 아름다움에 넋을 잃는다
누구의 넋이 잠들었기에 저리 붉게 타오를까
아무리 떨치려 해도 떨칠 수 없는 인연의 고리인가
피를 토하듯 번져가는 저 욕망의 물결
단풍 냄새에 취해 비틀거리는 육신이
머잖아 잠들어 있을 것 같은 저승의 계곡
내 넋은 살아나 저 단풍으로 환생할까
내 생의 마지막 날이 자꾸만 그려지는
백담사 계곡의 쓸쓸한 만추

설악산 권금성에 올라

10월에 설악을 찾는 이들
단풍 맞이하러 몰려든다
색색이 고운 단풍 내설악을 오다가
눈에 젖도록 단풍 물이 들었지만
외설악을 보아야 진정 단풍을 다 보았다 할 것이다
그것도 권금성을 올라봐야 설악산의 전부를 다 본 것이니
비로소 야호 소리를 목 터져라 불러도 좋으리
아찔한 낭떠러지 계곡 내려다보고 가슴 서늘해지는
스릴을 만끽하며 온몸에 밀려오는 정기를 받아가야 하리
올 때마다 아름다운 설악에 빠져 살고 싶다고
그렇게만 된다면 내 인생도 후회하지 않을 거라고
생각해 보는 것도 행복한 일
웅장한 산의 정기 내 가슴으로 폭풍흡입 중

가을 여인

들길 따라 여인이 마냥 걷고 있습니다
휘익 들판을 스쳐오는 바람
가을 냄새 연신 묻어옵니다
누룻누룻 익어가는 곡식들 스스로 고개 숙이고
색색이 물들어가는 가로수의 나뭇잎들
내일이면 우수수 낙하할 운명이라고
파르르 떠는 모습 애처롭습니다
짙푸른 하늘은 덩달아 높아져 가고
길가의 코스모스 어렸을 적 친구처럼 해맑고
노랗게 터트린 국화꽃 향기 코를 스치니
정녕 가을에 젖어 버린 여인네가 거기 서 있습니다
그 여인에게서도 가을 냄새가 납니다
빈 가슴을 스치고 지나가는 바람
여인의 머리칼에도 허연 억새꽃이 휘날리고 있습니다
무심코 가을을 찾아 나섰다가
자신이 가을임을 비로소 알았습니다

마감된 인생

영원이라는 건 없나 봅니다
끝없이 이어질 줄 알았던 하루하루가
어느 날 갑자기 뚝 끊어지는 걸 보았습니다
열심히 사느라 늘 고단해 보이던 모습
사그라질 듯 초췌한 모습이 되더니
암이라는 병이 먼저 찾아와
손써보지도 못하고 저승길 떠났다 하네요
수백 년 살듯 모으고 모은 재산
써야 할 때 안 쓰고 건강도 몰라라 하고
누굴 위해 아끼고 아꼈나요
오늘보다 내일을 위해 희생하며 살았지만
내일은 오지 않고 오늘로써 마감되었습니다
내일을 위해 늘 힘들기만 했던 오늘
당신은 모든 걸 내려놓고 빈 몸으로 떠났습니다
내가 오늘 나를 지키지 않으면 내일은 없습니다

존재 이유

내가 없다면 이 세상도 없겠지
저 너머 산, 저 아래 강이 보이기나 하겠어
나를 억누르는 고통, 슬픔, 미움도 없겠지
현재는 물론 지나간 시간, 다가올 미래도 없겠지
내가 있기에 지금이 존재하고 다가올 미래가 있는 것
내가 없으면 안 되는 이유가 여기에 있는 것
내가 이 세상 누구보다 소중함을 알겠어
내가 있기에 부모도 있고 가족 친구도 있는 거지
내가 있기에 이 시간이 소중하고
오늘보다는 내일이 더 기대되는 거겠지
현재가 힘들다고 나를 함부로 다루지 말고
나를 금쪽보다 귀히 여기는 것
내가 오롯이 존재하는 유일한 방법이지

틈새를 늘리자

사람들은 어디서 숨을 쉬나
도시의 빌딩에 갇혀
햇빛도 없는 공간에 버려진 사람들
빌딩의 그늘 속에 움츠리며 걷는 뒷모습
저 모습이 내 모습이다
활개 치고 가슴 내밀며 뚜벅뚜벅 걷는 모습
이곳의 틈바구니에선 찾을 수 없다
틈새를 늘리자
너와 나의 삶의 공간
햇빛도 가리지 않는 그곳
들꽃들이 지천으로 피어 손짓하고
냇물 따라 송사리 떼 피라미 뛰노는 그곳으로
가리는 것도 막히는 것도 없는
자연이 숨 쉬는 툭 트인 그곳으로
숨 막힐 듯 답답한 도시를 벗어나
몸과 마음을 가볍게 부려놓을 수 있는
어머니 품처럼 따뜻이 안아 줄 그곳으로

내 친구들

어렸을 적
재잘재잘 내 친구들
짹짹 참새 떼 같았죠
삐쭉삐쭉하다가도 금방 돌아서면
까르르 웃어대는 깨알 같은 친구였죠

꽃냄새 풀풀 나던 처녀시절
꿈 많고 끼 넘치던 그 때 그 시절
싱그러운 얼굴 늘씬한 몸매에
목소린 낭랑한 꾀꼬리 같았죠

주름살 하나둘 늘어가던 친구들
오랜만에 만나서 목소리 높이며
남편 자랑 자식 자랑 잘사느니 못사느니
까치처럼 깍깍거리며 소란을 떨었죠

이제 듬성듬성 흰 머리카락 생기는 친구들
며느리 사위 손주 자랑하느라 바쁘네요
먹을 만큼 먹은 나이 더는 먹지 말고
늘 오늘처럼 살갑게 살자고
꺽꺽 까마귀처럼 나이를 삼키고 있네요

편지 한 장으로 오렴

낙엽 한 잎 열린 창으로 휘익 날아든다
가을이 가기 전 네가 오길 고대고대 기다렸었지
기다림에 지쳐 문을 닫을까 했는데
노란 나뭇잎 되어 찾아온 너
눈물이 날만큼 기뻤는데
며칠 가지 않아 넌 사그라졌다
내 기다림은 수포로 돌아가고
난 다시 내년을 기다려야한다

가을이면 날아오던 편지 한 장
언제부턴가 영영 오지 않아
차라리 낙엽으로 오라고 기도했지만
이젠 금방 사그라질 낙엽으로 오지 말고
제발 사연이 담긴 편지 한 장으로 오렴
겨울 봄 여름 지나 스산한 가을에
마냥 네 편질 기다려도 좋겠니

백미숙

가을이잖아, 친구야!
환희와 지락 생명의 춤,
춤추는 갈대의 웃음소리,
그리고 울음소리,
가슴에 이는 허허로움을 누가 알겠니,
보고싶은 친구야!
그대는 알겠니?

P R O F I L E

『한국문인』 시, 수필 등단. 한국문협 동인지 연구위원, 한국수필 부이사장,
문파문학 명예회장, 국제pen클럽 회원, 문학의집 · 서울 회원,
수상: 창시문학상, 새한국문학상, 황진이문학상본상, 문파문학상, 한마음문화상 외
저서: 시집 『나비의 그림자』 『리모델링하고싶은 여자』, 공저 『한국대표명시선집』
『문파대표명시선집』 『성남문학작품선집』 『새한국문학상수상작선집』 『한국수필대표선집』 외

쌀밥에 고깃국, 존재存在한다는 것은

삶에 의미를 붙이면 어깨가 너무 무거워 바스라지겠지

초조하고 불안하고 온몸이 찢겨진 바람 같았어
흘러가는 구름을 붙들지 못하고
맥박이 뛰는 걸 느끼지 못했어, 나는
그냥 꽁꽁 얼어붙은 들판에 엎드린 들풀처럼
그래도 살아있음에 하늘을 보았어
나는 왜 이리도 아픈 삶의 걸음을 걸어야 하니

겨울 지나 봄이 오고 유황불처럼 뜨겁던 여름도 가고
계절은 굴렁쇠처럼 바쁘게 굴러가는데
너는 왜 땅굴 속 깜깜한 피범벅의 고통에서
뛰쳐나오는 꿈을 꾸지 못하고 오늘도
불에 타버린 삶의 동아줄을 붙잡고 있니

핵폭탄 가슴에 품고 자폭하라 재촉하는
허수아비 눈사람이 우산 속에 너를 가두고
꽃피는 봄날을 기다리라 하지만 이 사람아,
괘종시계의 초침처럼 세월은 빠르게 달리고 있어
온몸의 피가 얼어붙는 슬픔을 안고 언제까지
하얀 쌀밥에 고깃국을 꿈꾸며 살아야 하니

살갗 문드러지고 뼈가 부스러지는 삶이라도
인생은 짧고 삶은 존재하는 데 의미가 있겠지,
그렇지만 네가 고래 지느러미라도 꼬옥 붙잡고
따뜻한 남쪽 바다로 힘차게 헤엄쳐 찾아온다면
얼마나 의미 있는 새로운 삶으로 존재할 수 있을까

공간空間 속에서

가쁜숨결이 흐른다
화산처럼 부풀어오르며
금방터질것같은 빨간풍선처럼
불안한자욱을 디디고누워있는
하늘과땅사이에 심어진생명의여음

쫓아오지아니하고 채찍질하지않는데도
숨을빨아들이는 숨가쁜 슬픈고독
새하얀어둠속에서 바람개비처럼
나의영혼을 빙글빙글돌리고있다

슬픔도기쁨도 노여움도아쉬움도
년륜年倫속에 낙엽처럼차곡차곡쌓이고
푸르스름한 달무리처럼
기어이사라져야할 그 순간을생각한다

슬며시치켜드는 생에대한권태로움이
나에게로나에게로 육박해오는데
대롱에매달려 방울방울떨어지는 생명수
하얗게핏기잃은 살갗속으로스며든다

어둠 속에서

까아만 어둠이 태양을 밀어내고
살아있는 생명의 소용돌이는
모두 잠들었다
온통 세상은 캄캄하다

찌르르 찌르르 울어대던 매미들
떼 지어 날던 잠자리들은
풀섶 어디선가 잠을 자겠지

폭우에 잠겨버린 벼 이삭을 부둥켜 안고
울부짖던 아낙네의 슬픔에 젖은 눈동자
빗속을 걸어오며 내 가슴을 저민다

어둠이 잠을 앗아가 버리고
수세미처럼 이지러진 생각에 싸여
나는 어린아이처럼 나를 보채고 있다

해야 밝은 해야 어서 나오렴
이 세상 어둠을 모두 밀어내고
세상을 따뜻하게 그 품에 안아다오

그 숨소리

붙잡을 듯 들었던 손이
허공에 원을 그리며 돌아온다
머리 속 깊은 곳에서
또옥또옥
핏방울 떨어지는 소리
가슴이 무너져 내린다

위선과 불의로 탐욕을 채우려는
허황된 상상으로
자신의 굴레를 벗어 던지고
망아지처럼 허둥대며
어둠 덮인 밤길을 걷고있는
사람 아닌 사람들

부모가 어린 자식을
아들이 늙은 부모를
걸레처럼 찢어서
산기슭에 파묻어 버린
생명 없는 사람의
피 묻은 그 숨소리가
어둠 속에서 나뭇잎을 흔들고

디지털 그리고 아날로그 digital and analogue

정자역에서 지하철을 탔다.

기관사도 없이 전자동으로 지하철로를 쏜살처럼 달리는 신분당선 열차,

강남역까지 18분, 열차는 길고 커다란 콩나물시루 같은 느낌이다

탱글탱글 잘생긴 콩을 시루에 담고 때맞춰 물을 주면 하루가 다르게 쑥쑥 자라듯 세월을 먹고 사는 콩나물이 열차 안에 가득했다 키 작은 것 키가 큰 것 삐죽하게 솟아오른 빼빼 말랑깽이 허리가 아픈지 찜질방에 앉아 있듯 옆으로 휘어져 기대 있고, 그러나, 모두 고개를 숙이고 간간히 호흡을 가다듬으며 잠깐씩 머리 들고 앞을 쳐다보기도 한다 기도 하는 것도 아닌데 하나같이 겸손하게 머리를 숙이고 손바닥에 올려놓은 네모 상자 속 실뿌리만 쉬임없이 다듬으며 세상의 환희와 애증을 가슴에 주워 담고 있다

산소공급을 하는지 열차가 정류장에 잠깐 머물면 한 바구리씩 콩나물을 내려놓고 새로운 콩나물을 다시 채워 담고 총알처럼 달린다

뱅글뱅글 돌아가는 디지털 시대에서 바삐 뛰는 사람들,

손안에 움켜쥔 조그만 핸드폰을 잠시잠깐도 놓기 싫은 유일한 보물처럼

자기가 정복한 디지털 세상에서 인생철학을 낚시질하는 걸까

나는 종점을 알리는 음향이 울릴 때까지 한동안 눈을 감고 사색의문을 두드려보았지만 내 눈앞에는 아날로그analogue시침만 지난세월의 그림을 그리며 아다지오adagio로 다가왔다

채찍에 맞은 팽이처럼 쌩쌩 돌아가는 21세기, 시시각각으로 디지털이 바람개비처럼 세상을 점령하여 운전자 없이 자동차가 달리고 기관사 없는 기차가 질주하고 조종사 없이 비행기가 하늘을 날아다니고 있다

우주를 점령하고 있다 지구가 소멸할지도 모른다는 불안함에 가끔은 불안하고 무섭다. 덧셈 뺄셈 곱하기 나누기 파이 3.14, 로가리듬logarithm도 척척, 인간의 대뇌 소뇌를 인공로봇이 조종하고 디지털기기가 밥을 짓고 TV를 켜고 현관문을 여닫고 심지어 인공지능 로봇이 말을 대신 해주고 수술도 한다 전자동 디지털 시침이 화살처럼 달려가고 있다

1954년 6·25 휴전협정이 체결되어 일생 처음 기차를 탔을 때를 생각한다

돌길을 달리듯 덜컹거리는 낡은 쇠바퀴, 캄캄한 터널을 지날 때 유리창 틈새로 스며든 새까만 석탄재가 사람을 까맣게 분장시켜서 눈동자만 반짝거리는 흑인처럼 변한 얼굴을 서로 쳐다보

며 폭소를 터트렸다

그러면서도 옆에 앉은 이웃에게 삶은 달걀이나 옥수수를 권하면서 따뜻한 인정을 나누며 살았던 그 기억 수십 년이 지난 지금까지도 가슴에 고여있다

불찜통처럼 뜨거운 계절은 입추의 솔바람에 꽁지를 길게 늘어뜨리며 달아나고 있는데 초저녁 별빛에 발갛게 익어가는 초가을이 쪽문을 밀치며 제법 시원한 바람이 스며들고 있지만 강물처럼 흘러가버린 시곗바늘은 돌이킬 수 없는 아날로그의 시침.

나는 날마다 하루하루를 후진하는 느낌으로 살고있는 아날로그 세대,

오늘도 어둠이 깊어가는 밤하늘의 하얀 하현달을 바라보며 째깍거리는 초침을 움켜잡고 아다지오 아다지오adagio… 깊은숨을 들이마신다.

하늘에 계신 어머니가 보고 싶다.

나비의 그림자

바람이 분다

수런거리는 나비의 꿈
영혼의 꽃망울

문을 열고
깨어난다

꽃잎 열리고
진한 꽃내음

명치 끝이 저리도록
가슴 아린 추억

세월의
징검다리를 건너

무지갯빛 그림자로
꽃잎 위에 앉는다

가을

가을 햇살 한 조각 내려앉은 뒤뜰에
그리움 되어 노오란 은행잎 하나 뒹군다

사랑이 무엇인지 알지 못하고
헤어진 뒤에야 노랗게 짓무른 추억

무심히 지나가 버린 돌이킬 수 없는 시간들
떨어진 잎새 하나 주워들고 가슴속에서 반추한다

은행나무 사이로 사르르 스며드는 바람에
노오란 가을이 익어간다

겨울나무

어머니의 따스한 숨결처럼
살갑게 쓰다듬어 주던 바람은
매서운 회초리 흔들어 대고
하나둘 참새들만
두리번거리며 매달려 있다

바짝 마른 나뭇잎은 모두 떨어지고
나는 볏짚으로 꽁꽁 묶인 채
허수아비처럼 우두커니 서 있다
저승 같은 어둠의 장막 드리우니
와들와들 떨리는 추위에
헉헉 숨이 끊어질 것 같다

그러나, 인내하며 기다려야지
얼어붙은 뼈가 찢어지고
온몸의 핏줄 녹아내리는
엄동의 서글픈 이 계절이 지나면
햇살이 산란하며 날 찾아오겠지

뿌리 깊은 곳에서 세포가 분열하며
재생의 핏물 솟구쳐 오르면

따사로운 해님과 소곤거리며
버들강아지 마중 나와 환호할 때에
오늘의 서러움은 잊혀 지겠지

나이테

세월이란 나이테가
눈동자에 덧칠을 한 탓일까
TV 화면에서 뉴스 멘트는 들리는데
아나운서 얼굴은 안개 속에 가려있고
신문을 읽으려면 어른거리는 글들

백내장이라고 했다
눈앞에 안개가 서리는 것은

해님처럼 활짝 웃는 하얀 까운 의사가
명주보다 얇고 부드러운 렌즈를
낡은 눈동자에 넣어 주었는데
책 속의 활자들이 두 팔을 벌리며
방그레 웃으며 나를 반겼다

햇살에 몸을 씻은 숲속 솔바람 소리
파란 하늘을 날아가는 하얀 뭉게구름
깊은 산속 골짜기의 맑은 계곡 물소리가
또박또박 깨알 같은 활자에 실려서
사랑의 멜로디처럼 오선지에 가득하고
안개 속을 해매이던 나를 맞았다

세면대 비누 곽에 의연히 앉아있는
연록의 사춘기 오이비누가
씻지 못해 얼룩이 진 내 얼굴을
깨끗하고 예쁘게 씻어주었다

빗방울

펄펄 끓고 있는 뜨거운 여름
번갯불처럼 소나기 쏟아진 날

살그머니 달려온 뭉게구름 한 점
옷소매 날개 삼아 만들어준 그늘
오동나무 이파리에 걸터앉았지만
어디로 가야 할까 어디로 갈까

손 내미는 높새바람 옷소매 잡고
아무도 찾아올 수 없는 작은 골짜기
밤톨 같은 돌 틈에서 잠을 자다가
깊은 웅덩이에 빠져 허우적거리고
암벽에 부딪혀 뼈도 으스러졌다
얼마나 무섭고 서러웠는지
벌벌 떨며 소리소리 울었다

그래도 쉬지 않고 개울을 따라
철새들 노랫소리 위로받으며
올망졸망 들꽃들 소근거리고
아기 연꽃 옹기종기 모여 살면서
반짝이는 별들이 목욕하는 곳

오막살이 연못에 찾아 들어갔다

기나긴 여정 끝낸 작은 빗방울
눈물 젖은 어깨를 다독여 주는
연꽃의 품 안에서 잠이 들었다

꽃비 내리는 날

아기 젖꼭지처럼 여물지 못한 꽃봉오리
실바람에 웅성거리는 꽃잎들
하룻밤 사이에 활짝 피었네

산란하는 햇살처럼
함박웃음 지으며 춤추는 벚꽃들

아슴아슴 아기 숨소리처럼
봄바람의 옷자락에 매달린 꽃잎들
아장아장 꽃비가 살금살금 내리며
골목길에 수채화를 그리고 있다

내년에도 후년에도
꽃비 내리겠지만

매일이혼하는여자

깊은잠에골아떨어진남자의등짝에서밤새뒤척이며몰래화살촉을쏘아붙이다찢어진창문슬그머니밀고들어오는이른새벽에작심한듯해웃는시간에도장찍으러가리라주먹을불끈쥔다."어디가?밥해야지,아직날새지않았어더자."금방사그러든식혜처럼풀죽은그여자,늘상이른새벽이면이혼을선언하다햇님의미소에그만주저앉아버린다.벌집굴리며가슴속사정없이쑤셔놓고한여름쏘나기천둥번개처럼바람과함께사라져버리는사내,밤마다입술악다물고코골며저세상다녀오면어김없이또다시여름번개를친다.팔자소관이거니전생의인연으로동아줄꽁꽁묶인운명이거니열사의싸우디노가다판대장노릇이도지면여자는매일새벽혼자서이혼한다.노가다*십장노릇대행하며펑펑냇물쏟아내는TV화면의그여자,그래도빼끔빼끔가슴에매달린아기에게늘어진자루젖을물리며운다

---

* 노가다 : 건설현장에서 일하는 사람들을 현장에서 일컫는 이름

이별 후유증

잊으려 잊으려 해도 잊혀 지지 않는
돛단배 떠나고 파도가 울던 그 날 그 밤바다

버리려 버리려 해도 버려지지 않는
하얀 책갈피의 노란 은행잎

뽑으려 뽑아 버리려 해도 뽑혀지지 않는
화살처럼 뱉어버린 그 말 한마디

아무리 눈을 감고 보지 않으려 해도
그믐밤 어둠 속에 떠오른 창백한 그 눈동자

인연의 사슬이 철컥 끊어지는 순간
콩방울 같은 심장에서 폭포 쏟아지던 소리

낮과 밤, 사계절이 바뀌고 또 바뀌는데
이별의 꿈을 꾸며 숲속을 헤매는 아픔

이별離別

그날은
하오의 땅거미가 짙어갔다

어제처럼 다소곳이 정다웠던 눈망울을
구겨진 마음속에 깊숙이 숨겨놓고
정녕 무엇인가 말해야 했던
속삭임을 고스란히 남겨둔 체
가야만 할 시각들이 종점도 없이 떠났다

그날은 싸늘한 미소를 보내야 했다
내일은 또 다른 순간을 이어
미명에 떠오를 새해를 맞아
새로운 형식形式을 마련해야 했다

흘러가는 구름처럼 먼 훗날
어쩌다 옷깃 스치며 지나더라도
나는 너를
너는 나를 몰라보겠지
나는 가을 산
너는 겨울 바다 모습이 아닐까

감성이 아프다

나룻배를 버리고 쾌속정을 타고
반짝이는 별빛을 보며 달려가지만
변화하는 문화는 하늘을 가르는
전광석화電光石火처럼 빠르고
은하수의 별들은 찾을 수가 없다
냇물의 흐름에 감성을 맡기고
뭍으로 올라오지 못하고 용틀임 치고 있는 나,

유월의 불같은 태양처럼
타오르는 창작의 열기로
무지개 같은 시어詩語를 만들고
분수처럼 뿜어 오르는
반짝이는 소망으로
돌 틈에 숨어있는 애벌레 같은
풀꽃 향기 만지며 방향을 잃고
사유思惟의 숲속을 걷고 있다
미움 원망 좌절을 버리고
사랑하며 용납하고 참회하면서
감동으로 그리는 시어를 찾아보려 하지만
나는 오늘도 캄캄한 꿈속을 헤매며
좌절의 시간을 보내고 있다

시詩답지 않은 시, 잡초 같은 나의 시어들,
파도에 씻겨 아파하며 자라는 진주眞珠처럼
어두운 갯벌에서 텅 빈 속 가득 채우는
맛있는 조개처럼
잡초 틈에서 허브차의 향내를 뿜어주는
노란 들꽃처럼
꿀맛 같은 시詩를 쓰고 싶은 지금,

창작의 늪 속으로 빠져드는
감성이 너무 아프고 외롭다

전정숙

PROFILE

제4회 성남시 장애인 예술제 금상, 2007년 전국 장애인 근로자 문화제 입선 (산문학 부문),
제 6회 성남시 장애인 예술제 금상, 2008년 경기도 장애인 종합예술제 대상 (글짓기 부문),
구상 솟대문학상추천완료(2008, 시), 제2회 전국 장애인 종합예술제 대상,
제7회 성남시 장애인 예술제 금상, 제8회 성남시 장애인 예술제 금상,
제2회 대한민국장애인 음악제 창작음악 공모전 작사 부문 대상 입상,
제15회 민들레문학상 공모전 장려(2013, 동화)

파랑이

작년여름 안녕 인사했던 파랑이
삶이 너무 버거워서 였나 동그란 목이 무거워서 였나
작년 가을 파랑이는 내 곁을 떠났다

다시 만나자고 굳게 약속 했는데 내 곁에 없는 그대가
그립다

가슴이 시려

중지를 꾹꾹 눌러 누군가에게 전화를 걸어본다
그러나 삑삑삑 통화중 대꾸는 없다
사랑 노래 흥얼 흥얼 불러보아도 누군가가 그립다

사람을 붙잡고 수다를 떨어봐도 채워지지 않는 외로움
김치볶음밥 입에 가득 넣어 봐도 배고프다
장롱속 가득 쌓인 옷 바라봐도 채워지지 않는다

배고프다

눈 감고 동그라미를 그려 본다
하얀 얼굴의 그대가 미소를 짓고 있다

그러나 눈을 떠 보면 그대는
구름타고 날아가 버렸다

먹어도 먹어도 채워지지 않는
그대가 배고프다

그냥 바라봐야 한다

조용히 그들이
거리를 걷고 있다
나무 가지에 앉으면
초롱초롱한 포도가 열려

여인들의 우산 속에 들어가면
행복이 피어난다

그러나 내 바퀴에 마음은 어둡다
뚝
뚝
뚝
떨어지는 그대만
바라 봐야 하니까

꾸불꾸불한 길

해맑게 웃는 아이가 있었다

천진난만하게 공원을 뛰어놀았다

그러나 그 아이에게 먹구름이 몰려왔다

꾸불꾸불한 길을 가다가다 한 초가집을 보았다 그 아이는 문을 두드려보았다

한 할머니가 나와 따뜻하게 그 아이를 앉아 주었다 그 아이는 다시 웃음을 찾게 되었고 천진 난만하게 초가집에서 꿈을 키워 나가고 있다

나

세상을 기우뚱 하면서 바라본다
어느날은 비틀 비틀 나무들이 바라본다
김밥 같은 지하철안 양파 시금치 당근 단무지 뒤섞여

따뜻한 밥이 되어 사랑을 먹는다
울퉁 불퉁한 보도블럭은 쓴맛 단맛이 가득하다
난 왜 이렇게, 4시 20분을 지나가고 있다

먹고 있다 보물

담장 위에 누워 있는 햇살

활짝 웃는 해의 손이 쓰다듬어 주면
작은 새싹들이 미소 짓는다

난 느끼고 있다, 봄의 햇살을
난 먹고 있다, 따뜻한 사랑을
3월 시금치를 꼭꼭 씹고 있다

무겁다

가득 쌓여 있는 내 속 먼지 들
돌덩리 되어 가슴을 억누르고 있다

시원한 선풍기 바람에 날려보지만
더더욱 단단한 자갈들이 가슴을
찔러 아프다 꼭 꼭

장미 향기 가득한 꽃밭을
거닐어도 향기가 나지 않는다
재잘 재잘 되는 소문들.

벙어리장갑

빨강 그대의 생일은 1월30일
엄마의 손길을 가득 담아서 태어났지

그대는 마흔 두 살의 처녀 얼룩 망아지 손에
들어가, 팔딱 팔딱 뛰는
작은 휠체어 운전대 잡고 훨훨 날아 다녀

한 살 두 살 말 없이 가고 싶은 데로 가주는
그대와 함께 올 겨울 따뜻한 동행이고 싶다

사랑

작은 햇살이 공원 벤치에 누워 있는 나에게
외로워하지 말라고 포근히 안아 주었다
매서운 바람이 불어도 꿋꿋이 서 있는 나무가
춥지 않는 건 모닥불 같은 햇살이 있기 때문이다

누군가와 닮아지고 싶은 건
새싹이 돋아나는 것이 아닐까
서로의 눈빛 봐도 느낄 수 있는 마음

자운
장정자

왜 이리도 흐릴까, 안개 낀 이 가을
파아란 하늘, 하늘 그리워
펜을 잡고
영롱한 가을, 가을을 그린다.

P R O F I L E

대구 출생, 『문파문학』 시 부문 신인상 당선 등단
창시문학회, 한국문인협회, 국제펜클럽 회원, 문파문학회 운영이사
수상: 제7회 창시문학상, 저서: 시집 『해에게 물어보았다』,
공저 『성큼 다가서는 바람의 붓끝은』 『문파대표시선집』 『성남문학작품선집』 외 다수

한 폭의 모란

먼 산 타고
초여름 햇살 창을 넘는다
해 기댄 마루에
하늘 내음 펼쳐놓고
소담한 모란을 피운다
영롱한 햇살
황홀한 입맞춤에
붉게 타오른 입술
잿빛 묵향으로
수줍은 듯 가리우고
정경부인의 품위를 누빈다
솔바람이 화두를 쓰고
까치 한 쌍 날아와
붉은 발톱으로
낙관을 한다

천 년을 넘나드는 한 폭의 모란

풍경

바람이 울면 따라 울고
바람이 춤추면 장단 맞춰 노래한다
달빛 고요한 산사의 햇승
귓전에 자장가로 들리려면
달포나 넘겨야 될 터인데
어이하여
땡그랑 땡그랑
맘 졸이느냐

나의 무궁화*

녹색 잔디 위를 나는 듯한 소녀
클로버 꽃잎은 방긋방긋 발등에 입맞춤하고
어깨를 간질이는 푸른 머리칼은 바람에 물결친다
맑디맑은 태양은 오뚝한 콧날을 흘러내려
동그란 입가를 미소 짓게 하누나

내 소녀야!
너는 타국의 어느 하늘 아래 안겨
방황하고 있는 아직은 이름 모를 하얀 새
하지만 해맑은 얼굴로 타는 열정으로
고귀한 황금빛 꽃술을 품고
고요한 아침을 꿈꾼다

피고 지고 피고 지고
누운 꽃잎마저 눈부시게 아름다운 소녀야!
남부의 하늘 우러러 오-래
영원을 지킬 텃밭을 일구리라
해와 바람과 출렁이는 인파
온 기운이 서로 얼싸안고 너를 포옹한다

사랑하는 나의 소녀야!

* 프랑스 남부 몽펠리에의 하늘 아래서 만난 대한의 꽃 무궁화

주름살

나래 접고
달月 하나 해歲 하나 세노라면
고운 주름 얼룩 주름 얽힌 실타래

켜켜이 쌓인 흔적 곱게 풀어
봉침縫針으로 줄기 긋고 세침細針으로 꽃잎 지어
꽃주머니 햅씨 넣어 아이 품에 달아 줄까

겹겹이 질긴 정情은 매끄럽게 다듬어서
자색慈色 달빛 곱게 지어 삽짝에 달고 보니
뜰 안 가득 활짝 함박꽃 피었구나

함박꽃 화안하게 피었더라

다짐

댓잎 돋아나고
솔 우거지고
땀 숙여 익은 열매
화안한 들판
영글은 오곡
조상님께 잔 올리고
밝은 달 동산 올라
강강수월래
강강수월래

그리하여
그리하고
그리하리

통증

아이가 울고 있었다
그 아이가 울고 있다

아이가 …
아이가, 아이가

아이야
아이야
아이야

기도

별 하나 품고
가는 새벽길

하늘 별 총총
흐르는 성음聖音

'평화의 길 밝으소서'

멀리서 동이
사위를 밝히네

새벽의 후렴으로
화안히 밝히네

왜

북부엔 폭우가 내린다
아직 여기, 빗소리 가늘구나
아이 생각에 잠 설치는 밤
빗소리 빗소리

파도에 밀려
지축 잃은 내 고향
남으로 가는 고도古都
저토록 흔들흔들

초심으로 돌아가
오랜 세월 온갖 시름
호젓이 비운 마음
꿇어앉아 합장하면

고개 숙인 들녘
참새는 풍년을 노래하고
걸림 없는 허수아비
너울너울 춤출 텐데

평정 잃은 걸음아

무에 그리
어찌 그리
왜,
왜,
왜

불면

검은 밤
겨울 살쾡이
침실을 노크한다
……

대책 없이 문 밀고
침대 머리맡에
앞발 쭈욱 내밀어
밀어를 나누잔다

과거와 미래
분간할 수 없는
들끓는 수렁 속에
잃어버린 밤의 천사

헛잔에, 부어 넘친
지친 편두통
날 샌 줄 모르고
허우적거린다

독백

나도 그렇게 누워 있으면
너와 다를 바 없어
영글은 알알이 다 내려놓고
뽀오얀 서리꽃 피우는 초겨울 짚단

나도 그렇게 입 다물면
너와 다를 바 없어
잃어 가는 세월 속으로
사라져 간 밀어들

나도 그렇게 눈 감으면
너와 다를 바 없어
백색 다소곳이 차려입고
국화 꽃잎 그 길, 걸어가는

별달리, 내 길 걷고 싶다는 건
하얗게 누워 버린 가르맛길에
한두 뿌리 검은 머리
아직, 남아 있다는 것

너는 아베마리아

옛 동산에서 맺은 봉오리들
하얗게 주름진 웃음 안고
일산에서 만나요 우리

꽃잎 구길세라 베갯머리
곧추세우던 동희
두 볼에 웃음 가득
봉덕각시 일향
동산의 카나리아
노래하던 광자 씨
밤새워 공부하던
너는 아베마리아

달 밝은 골목길
술래잡기하며 동산에서 키운 꿈
오래 흩어졌던 그리움
노래하는 네온의 호숫가에서
흰 머리, 활짝 웃음 짓는
머언 먼 달빛이여!

봄바람

벗이 날 불러 손잡고
걷는 남산 길

백색 화관 쓴
물 어린 눈동자

주름진 입가에
활짝 핀 꽃길

봄바람에 채색된
숨은 하늘가

수줍은 낮달 하나
봄을 노닌다

노인 1

기나긴 여로에
마지막 차표 한 장
목적지는 꿈길
도착시간 미정

긴 겨울밤 지친 호롱불
남은 심지 태우는 불꽃
회억 살라 그 빛
어디로 가나

어디서 울리는 절박한 떨림
구르던 두 발
송곳처럼 굳었고
기차는 떠나려 한다

갈 길은 구만리
꿈길은 오리무중
어디로 가야 하나

핏기 가신 빈 손에
쥐어준 등불 하나

주름진 손엔
온기가 돈다

걸어서 걸어서 안개 속으로
세모인지 네모인지 미지의 꿈길
동그라미 그리며
멀어져 간다

노인 2

먼 산
봄물에 귀 담그고
가을볕에 등 굽은
하얀 징검다리

뉘엿뉘엿 딛는 발자욱
가시는 해거름
콩닥콩닥 뛰는 심장
오시는 물꽃

노을빛에
젖은 꽃마름 되어
점, 점 이어 주는
별 헤는 징검다리

마음

동그란 귓가에 들리는 소리
동그란 네 마음 흐르는 소리

김용구

슈베르트의 겨울 나그네 들으며
우울한 삶의 길목에서
환희의 계절을 시어로
그려 보고 싶었습니다

PROFILE

충남 논산 출생. 『문파문학』 시 부문 당선 등단. 창시문학회 회장
저서 : 공저 『그림이 맛있다』 외 다수

10월 둘째 목요일

창 너머로 보이는 만추의 불곡산을 물끄러미 바라본다
오늘 일들을 떠올린다
시 공부 후에 예정된 등단 축하연을
참석할 수 없게 됐네

부회장님 당신은
17세부터 여성 사업가로 온갖 어려움 극복하고
이제는 영적 영역인 시 창작과 등단
한 주일 동안 시 창작 교실 시 낭송회
만돌린 연주 연습 병원 봉사
반복되는 열정이 놀랍다
어린 시절 농촌 생활
막걸리 좋아하던 아버지 멋있게 그려내는 감성
큰 병마와 이겨낸 삶
죽음 영역 극복한 철의 여인
이제 당당하다

오늘 축하연에 참석 못 하지만
문파 문학 등단 축하한다
마음속으로만 수없이 되뇌인다

눈 내리는 겨울 풍경

눈이 내리는데 펄펄 내리는데
슈베르트 겨울 풍경 멜로디 흐르고
눈 풍경 속 상념 끌어들이는 흐르는 음률
'누가 창문 유리 꽃들 그려 놓았을까?
 겨울 봄꿈 꾸는 나 비웃는 것 같아'

유리창 비친 눈 풍경
꽃 그림
봄 기대하는 내 마음
외톨이 되어 들판 버려진 듯한 고적감
수많은 사념

눈은 하염없이 내리는데
슈베르트 겨울 풍경 듣는 여유로움

마음의 등불

등불 작아도 방 안 빛 가득하네
창 넘어 빛 넘쳐
밤 길가는 나그네에게 희망을
슬픔 고통 절망
빛으로 치유할 수 없는 두려움
어둠 물리치는 마음의 등불 밝히네
눈으로 볼 수 없는 마음의 등불
그 빛
마음 한구석 자리 잡고 있다가
어둠 다가오면 빛으로
슬픔 이겨 낼 수 있는 용기를
절망 속에 희망 주는 마음의 등불 필요하네

덤의 기쁨

속리산 관광호텔 오고 가는 길
산나물 대추 밤 검정콩 팔고 있는 보은댁
말없이 산나물 손질하고 있네
"무엇 원하시유 중국산 아니고 직접 재배 했시유"
구수한 충청도 사투리가 시선을 끈다
물건에 대한 애정과 자존심을 지키며
주문 물량 반 이상 담으며 미소 짓네
흥정 땐 무표정으로 깐깐했지만
넉넉하고 후덕한 충청도 아줌마
계산 없이 건네주는 덤
흐뭇한 정 흐르네

박달재 의림지 추억

들판에 벼 이삭 노랗게 물들어
단풍든 나뭇잎과도 잘 어울리는 계절
단양 팔경재나 박달재 의림지로

전설의 노래로 유명한 박달재
한양 시험 보러 가던 박달도령 이 고개 아랫동네 살던
금능낭자와의 슬픈 사랑이야기
노래 소리 소리 슬프게 들려온다
'천등산 박달재는 울고 넘는 우리 님아~ 왕거미 집을 짓는
구비마다 구비마다 울었소 소리쳤소 이 가슴이 터지도록'
목각 공원 자연 휴양림 산책하며
나두야 소리쳐 불러 본다

악사 우륵 전설이 담겨진 제천 의림지
용두산 개울 뚝 쌓아 만든 낭만의 저수지
수백 년 소나무 버드나무 자연 폭포와 어울러져
시상에 잠긴다
솔밭 따라 관조의 세계에 들어가면
가을 우수 속으로 빠져든다

수술실에 대한 명상

10년 전 수술 주위 악화되어
10월 첫 금요일 서울대 분당병원 응급실에서 수술실로
심근 경색으로 스텐스 시술
수술 전 수술하다 죽을 수도 있다는 각서 서명에 담담했다
병원에 늦었다면 위험했다는 수술의사의 소견
일반 도로가 아닌 고속 도로 사고로 비유했다

수술실
마취 후 수술 기다리는 삶과 죽음을 묵상하는 시간
천주교 기도문을 음송하며 주님에게 맡겼다
'스쳐 가는 성서구절 구약 시편 90 주님 아침 자애로 저희 채워주소서
인생 기껏해야 70년 근력 좋아야 80년 어느새 지나 버리니 저희는 나는듯
사라지나이다'
선생님 아들로 태어나 은행 생활하며 평범하게 살아온 70여 년 발자취
감사하는 분수에 넘치는 인생
인간은 자연으로 회귀한다는 진리 받아들이니 평온 안정 가져온다
부분 마취 시술하는 소리 들린다 시술하는 동안 주님의 기도 성모송 영광송 음송하는데 시술이 끝났다는 수술팀의 함성 귀전으로 스친다

안도의 긴 호흡 다시 인생의 여정이 시작된다는 기쁨

수술 회복실에서 인공호흡기 심전도기 혈압측정기 안전 무장하고 영양주사 맞으며 살아 있음에 안도의 한숨 쉰다

영원에 가기 전 다시 지상에 머물게 할 모양이다

삶의 영역이 이젠 멀지 않았음을 느끼며 자연 친구되어 나머지 삶을 사랑과 섬김으로 모든 것을 받아들이려 하는 겸허한 인생

천사 같은 응급실 직원 수술 팀 의사 보조원 그리고 밤새워 일하며 미소 잊지 않는 간호사들 가슴깊이 고마움 간직한다

백년 신화 이중섭 화가전

10월 초가을 덕수궁 박물관 이중섭 화가의 일생 그림전
평남 부유한 가정에 태어나 일본에서 수학하고 작품활동
원산에서 한국전쟁 제주도와 부산 피난시절
열악한 환경 속에서 그림을 놓지 않았다

일제 강점기에 소를 많이 그렸고
암울한 현실을 자조하고 저항했던 그림이다
가난한 피난시절 강렬한 의지를 나타낸
황소 그림
끈질긴 예술혼으로 가족과의 행복을 추구했던 화가
사랑하던 일본인 부인 두 아들 가족과 헤어진 후 생활고
정신 질환으로 애잔한 작품 뒤로 하고 41세 짧은 생을 살다 갔다
그의 유해는 쓸쓸히 망우리 공동묘지에 잠들었다
파란만장한 역사 속 천재화가의 예술세계를 감지하며
덕수궁 돌담길을 거닐었다

이 가을에

이중섭 미술 백년 감상
네 커플 함께했다
칠팔순의 노익장과 아름답게 단장한 여인들
수백 명 관람하는 질서 정연함이 화가의 진가를 알 듯했다
서소문에 60년 전통의 삼계탕집
싱글벙글한 점심식사 시간
찻집 차향 속에 은은한 담소 잔잔한 음향
덕수궁 가는 길 건국대통령 청운의 꿈 꾸던 배재학당
개화기 고색스러운 정동교회 종탑 옆 층계에 앉아 옛 선조
모습 상상해 본다
고궁 가는 길엔 다민족 어울려지는 인종축제가 발길을 잡는다
땅거미 지는 저녁 서울광장 빌딩숲 속 지하도 지나
다동 고풍스런 선진국 우거지탕집 부민옥으로
옛 생각 떠올리며 맛있게 담소하는 네 가족
헤어지기 아쉬움인가 아이스크림 굿바이 파티도
가을 정취에 취했던 덕수궁 나들이가 가슴을 푸근하게 한다

식탁에 앉아

멀리 보이는 불곡산 기슭 서울대 병원
생과 사 스쳤던 터
3층 수술실 숲에 가려 보이지 않고 9층 92동 안개 속 보인다

수술실 생명 경외함 느끼는 곳
수술 집중치료실 수술 후 사후처리하며 회복 기다리는 병실
수술 후 인공호흡기 심장박동기 혈압기 몸에 부착
링겔 수액 밤새도록 몸속으로 저혈압 최고 100 넘으면 안심
마음속 기도 속에 오르내린다
침대 누워 있는 답답 지루함 환자 고통 누가 알 수 있으랴
5인용 병실 환자들 수술 고통 근심 무표정 미소도 없다

친절한 간호사 청소하는 아줌마 봉사자들
밤새워 일하면서 미소 짓는 천사들
고마움 간직한다

생명 구해 준 병원
태양이 아침마다 미소 짓는 곳
생명의 경외로움 절대자에게 머리 숙인다

어느 여름날

무덥던 여름
집 앞 찻집에
둘이서 커피 향에 젖으며
앞에 보이는 보금자리 주택 바라본다

시냇물 흐르고
하얀 새들 날아다니는 곳

얘기하고
책 읽고
시상에 잠기며
시원한 이곳에서
여름을 견디는
특별한 시간
둘이서 행복한 시간을 만든다
가을이 어디 만큼 오고 있는가
귀 기울인다

좋은 친구

친구 사이 서로 메아리 주고받을 수 있어야
멀리 떨어져 있어도 마음 그림자처럼 함께할 수 있는
영혼 진동 없으면 서로 마주침
만남을 위해 자신을 가꾸고 다스려야

여름이 되면 고향에서 텃밭 가꾸며 농사짓는 친구
감사 옥수수 택배로 보내온다
땀의 결정체 우정을 느끼며 가족들도 감격한다
이웃에게 조금씩 나눠 주는 기쁨
친구의 정성스런 우정도 전한다
이런 친구 멀리 떨어져 있어도
영혼의 그림자처럼 함께할 수 있는 좋은 친구
인생에서 가장 큰 보배
삶의 바탕이다

클래식 음악을 들으며

분당 노인 복지관 고전음악 감상시간
음악으로 살아온 선생님의 해설과 감상
드보르 교향곡 5번 피아노 협주곡 이태리 기상곡
현악 4중주곡 그리고 솔베이지의 노래가 흘러나온다
'당신은 피곤해 보이는 군요 이제 푹 쉬세요'
페르퀸토는 솔베이지 무릎에 엎드려 그녀의 애절한 노래를
들으며 마지막 숨을 거둔다
노르웨이 문호 입센이 전설을 무대음악으로 작곡한 그리그 작품
노르웨이 산간 농부 페르퀸토 솔베이지와 결혼 약속하고 약혼자는
솔베이지 남겨두고 외국으로 돈을 벌기 위해 방황하다 돌아오는데
사랑하는 솔베이지는 백발이 되어 그를 맞는다는 스토리
사랑은 숭고하고 애절한 것인가
흘러나오는 음악들으며 창밖 바라보니
푸른 잣나무 숲 단풍나무와 어울려 애잔함 더한다

하계 올림픽 단상

남미 브라질 리오데자네이루에서 올림픽이 열렸다
개막식 새로운 세상 주제로 독특한 역사 전통문화 자연환경 파괴 표현
이미지 삼바재즈 가미한 보사노바 노래 춤 개방된 사랑의 정서
달동네 빈민굴 대중문화 열정적인 문화를 화려하고 검소하게 마련했네

입장식 우리 선수 늠름한 모습 보이고
양궁 남 녀 첫 금메달
바람의 어려움에도 최선 다하는 모습
장하고 경외로웠네

일제강점기 베를린 올림픽 손기정 일장기
바르셀로나 황영조 마라톤 우승에 열광하며 한을 풀었네

88올림픽 대한의 혼 담았던 개막전
어린 소년의 굴렁쇠 손에 손잡고 우렁찬 합성
메아리쳤던 서울 올림픽 다시금 생각나네

김건중

한 계단 올라갈 때 마다
숨가쁜 시간이 흐르고
시정에 묻혀 돌아보는
생의 모습이 아름답다

PROFILE

전북 완주 출생, 『문파문학』 시 부문 신인상 당선 등단
한국문인협회 회원, 창시문학회 회원, 문파문학 회원
대한민국 미술대전 2회 입선, 대한민국 미술협회 회원, 개인전 1회 (서울갤러리)
저서: 시집 『길 위에 새벽을 놓다』, 공저 『가을 그리고 소리』
『그림이 맛있다』 『문파문학 2016 대표시선』 외 다수

심상心象 - 마음의 밭 -

밝아지는 별자리를 찾아
등창에 고요가 내려앉는 밤
싸락눈 내리는 소리 마음 밝아 보려
별 하나에 마음 열어 광야로 빠질 때
벽을 너머 온 세상사 영상으로 쏟아진다

침묵의 날개 상상으로 몰려오고
음표 높고 낮음 흔들릴 때
감성의 온천에 피어난
시간의 무게로 건져 올린 세월의 강
싱그러운 밭에 푸성귀 자라듯 풋풋하다

건드리면 깨질 것 같은
고요를 삼키듯 상큼한 밤의
공기가 푸덕지게 환한데

비, 바람 소리도 음악으로 흐르고
삶의 멍에도 채반 위에
냄새 빠지듯 후두둑 번져가는 밤
영혼의 눈이 부시게 짜릿하다

시간은 어느덧 자정을 넘어
무심코 식어버린
찻잔 하나 멍하게 들고 있다.

마침표 없는 편지

접동새 울음 키우는 저녁 삼경
머리숱 갈라지는 상상 붙들고
시상詩想 넓혀 보는데
건넌방 어머니의 재봉틀 소리
밤을 울려 돌.돌. 돌아가고 있었다

찾는 자에게 문이 열리는 것일까
어머니 재봉틀 한 바퀴 돌 때마다
내 원고지 활자판 찍어 돌아가고
옷감은 촘촘한 바느질로 휘감아 돌고 있었다

어느 날 멀쩡한 재봉틀 갑자기 멈추고
바늘 뚝 부러지던 날
어머니의 바다는 사라지고
내 원고지는 영영 빈칸으로 남아 있었다

무딘 세월 가고
영혼의 주소에서 내려온 환상
꿈을 깨보니
어머니의 글씨로 꽉 찬 편지 한 장
남아있는 빈칸에 마침표가 없다
살아난 재봉틀 다시 도는 소리
돌.돌. 돌아가고 있었다

잠꼬대

영봉을 씻은 날개로
각기 다른 영욕을 잡고 왔다
곱실거리는 날개 위에
푸른 신호로 새벽별처럼 왔지만

투정하며 사랑을 하며
쉼 없이 흘러가고 흘러오고
구멍 숭 숭 트인 바람 세웠다

날 선 욕기로 칸막이치고
항아리처럼 배가 부풀러 와도
빈 낯으로 헐벗은 몸에
찬바람만 끼얹는데 주저하지 않았다

옆으로만 기는 바닷게처럼
엎드려 산을 넘고
꽃바람, 밤바람
그리고 소나기 맞으며
바람 소리로 환호와 노호를 밟고 있었다

짧은 밤을 새고 잠꼬대 같은 꿈을 접을 때
산누리 그늘지는 서쪽 방향으로
촛불 하나 밝히고 있다

어긋난 사랑

만만찮은 삶의 여로에
닥치는 어긋남은 슬픈 이별을 낳는다

숙명이라 믿었던 그녀
길의 엇박자로 허공에 뜬 사랑
풀풀이 사라진 내력 몰라
목만 길게 늘어진 갈망
애끓는 봉선화 꽃만 검붉다

님이라는 글자로 시작된
사랑의 편지 첫 장
박제된 시간 살펴보다
행복이란 웃음 뒤에 숨은
쓰라린 마음의 텃밭

그와의 주고받은 말의 성찬
해바라기 씨앗 말리듯
뙤약볕에 가두고

사나운 운명이라 마음 돌려도
꿈에서 살아나다가 올 것 같은

허기진 이야기

그리움 밤을 토해

휘파람으로 흘려 보는 슬픈 이별

자화상

움직이며 생동하는 질서 속에
풀잎 끝에 하늘 물고
긴 여정 걸어왔다

하얀 달빛이 붉어지도록
꽃 피고 지고 푸른 향기 거두며
흙먼지 깔아 아물한 긴 머리
흔들며 왔다

잠겨 들듯 수포 건져 올려
깍지 낀 손 풀어질 때까지
속으로만 피는 무화과처럼
어둠에서 땀 젖어 일어서고

밀어붙이는 풍향을 거슬러
빈 세월 감춰 먹고
주름진 거죽 가랑비 젖어

꿈자리 사나운 벽면에
낙서만 가득 쌓이고
폐선의 뱃머리에 홀로 앉은
새 한 마리
바닷물이 철석인다

날짜 없는 달력

칩칩한 골목길 돌아
쓰러지듯 허공에 뜬 빈 초가집
높지 않은 하늘은 내려앉고
질퍽한 안방 벽면인 듯
언제쩍 달력 한 장
누룽지처럼 붙어 있어 사람인 적 알겠네

붉은 고추 발리고 깨단 떨던 할머니
떠나신 지 달력은 알고 있어도
날짜 없어 부엌턱에 거미줄만 능청거린다

시간이 멈춰선 빈방엔
문짝 마저 떨어져 냉기류 들고 날고
해바라기 울음도 서럽던
간밤 비가 촉촉이 내렸다

한 뼘 크기의 마당
잡초만 무성하여
들고양이 놀이터 되었고

질그릇 깨진 장독 뒤에
무심코 홀로 자란 오동나무
이파리 하나 떨구고 있다

강가에 서서

봄, 밤이 붉어지는 강가에
서쪽으로만 부는 바람
물안개 피어오는 하늘 젖어
강물은 말이 없다

깊어가는 밤의 온도에
달빛 쪼으며 뛰방거리는
고기 새끼
별빛 하나 잡고 자맥질하고

꽃들의 둘레로 피어난
산에서 내려온 밤그늘
물결에 흔들려
떨어진 꽃잎 하나 잡고
적막하게 흐른다

풍성히 피어나는 꽃 향기 짙고
강 건너 동네에서 들려오는
개구쟁이 하모니카 하나
잔물결에 잠이 든다

한 줄기 바람風

바람의 초대받은 사연들
바람의 무게에 방향을 잡고
풍향기 흔들림 따라
삶의 여로 가꾸어 왔다

세월의 낙엽을 쏟아놓고
한껏 부풀린 양지바른 시간도
상념의 고개 너머
엇박자에 우는 슬픈 에너지도
쉿물 녹아내리듯 흐르고

피어나는 장미 위에 얼비친 노란 달빛
바람꽃으로 피어난 사랑의 불꽃
깨지지 않는 약속이라 믿어
만리장성 쌓아 왔는데

삭풍에 매달린 잎새 하나
슬픈 이야기 떨어질 때
한 줄기 바람 스쳐 가는 쉼터
잡풀만 무성하게 누워있다

봄의 예찬

봄은 바람으로 온다

바람 녹아내리는 겨울 끝자락이
그리운 이별의 길을 걸어
푸른 유년이 불숙 불숙 내민다

잔설 나무 끝에 부풀러 올 때
연두색 흙냄새가 파릇파릇 머물고
4월 태양의 손길이
벽을 등진 시린 가슴에
따스한 온몸에 번진다

높다란 허공 한 폭
가지 끝에 매달려 색색으로 덮을 때
장미꽃에 부서지는 햇빛 고운 날
너무 사치스런 향기다

수액 퍼 올려 만삭의 눈을 뜰 때
약속한 봄비는
허리춤에 감춘 향기로 꽃비가 내리고

님이 오는 초야에 푸르름 한창인데

그믐 달빛 부서지는

봄밤은 짧고 꿈은 길어서

꽃의 언어로 밤을 새고 싶다

창밖의 여자

오그라진 세상 한눈에 접고
휘청이는 망상 뒤로하고
무심코 찻잔 들어 올린
산마루 찻집에서
창밖을 본다

눈 아래 보이는 푸른 초원에
한 여자가 뜨개질하는 모습
한가롭다

중동에 가 있는 남편 속옷일까
군에 입대한 오빠의 내의를 짜는 것일까
궁금증 더하는데

난데없는 장대비가 쏟아져
바위 위에 부딪쳐
스산한 산자락이 요란 법석이다

창유리 때리는 소나기는
천 년의 그리움 같은
시름을 토해내고

허상 같은 산줄기를 몰아내
먹구름 걷어 올린 나무들의
항변, 비는 그치고
다시 눈을 떠보니
뜨개질하던 여자
그대로 그 자리에
누군가 조각한 석고상으로 남아 있을 뿐

방황의 시절

가난의 베개 베고 열병 앓던
새파란 시절
바지 주머니에 쳐 넣은 손마디가
마디마디 시렵다 해도
날 것 삼키고 구역질 나는
웃음을 토해내야 했다

한밤 남산에 올라 불야성을 보고
갈 곳 없는 잠자리를 허공에 드렸다
"나 방 하나 가지고 싶어
  동쪽으로 작은 창 있는
  그런 방 하나 가지고 싶어" 라는
헛소리를 중얼거리며

남산에서 혜화동까지 장장 거리를
까뮈의 '이방인' 책 꼭 쥔 채
친구의 강낭콩집을 찾아 걸으며 울고 있었다

길가에 쓰레기장에 발갛게 보였고
그 옆에 곱싸리 핀 채송화가 배가 고파
단 50환짜리 수제비를 채우고서야

배부른 하늘을 볼 수 있었다

시대는 흐르고 변해서
지금은 방 세 칸짜리 큰 집 지녀도
가난의 그 시절 그리운 것은
그래도 파란 시절의 가난한 꿈이
아직 깨지지 않았다는 뜻일까

창공에 쓰는 편지

어둠을 안고 서서
스르릉거리는 아련한 것들
몸살 나게 피어오는데
집배원이 없는 편지를 쓴다

빗길 스쳐 간 자리에
발자국 남기고
을씨년스런 슬픈 여자가
처마 밑에 손짓한다
사랑의 뒤안길에 숨어버린 그대
운명의 탈을 쓰고 건너지 못한
강물은 파도처럼 출렁인다

묵직한 바람만 삼키고
천 년을 아우르는 메마른 가슴
훔쳐볼 수 없는 금고에 가두고
바람만 무성해서 말이 없다

넘실거리는 사연을 해몽하려는 듯
어설픈 사내가 혼미의 시어를 더듬지만
추억에 함몰된 뒷이야길랑

하얀 달빛 지난 후

먼 고향에서 풀어보자고 끝을 맺는다

활짝 피어 좋은 날

어둠을 깔지 마라
날개 달아 돌아온 계절의 잔치
도시의 물결 출렁이며 시골로. 시골로
날 선 도깨비 여름 찜통 물러가고
중추절 고향길 넘친다

살랑이는 코스모스 행렬 지나
황금벌판 지나면
실개천 다리 건너 고향 언덕집
마중 나온 할머니 손자 얼싸안고 어화둥둥

조상님들 오시기 전
제사상 차려 바치려고
며느리들 팔 벗고
부침개 볶는 냄새 배고픈 누렁이 코를 찌르고
절구통 쿵덕 쿵덕 찰떡궁합 자랑이다

멍석 깔아 햇것으로 걸죽히 차린 음식
동서로 흩어진 새끼들
밥상에 웃음꽃 세우니
보름달 하늘로 솟아
풍년가를 부른다

시정詩情이 흐를 때

한 줌의 고요가 말없이 흐르고
잡힐 듯한 상념의 뿌리
가벼운 입술로 말할 수 없는
실비 같은 그리움

잘라내도 또 자라는
어둠 사르는 가슴 깊은 곳
추를 달아 무게를 재봐도
한 푼어치도 못 되는 허망한 소망

빈 하늘 이슬로 내려
날밤 샌 아스라한 꿈
언제나 가슴 풀어
늦은 가을 햇볕에
남김없이 태워볼까

해지는 저녁 서쪽 구름 떼 몰리고
추적추적 비가 그친 뒤
날 선 쌍무지개 마저 바다로 떨어질 때
가슴 후벼 파는 아픔 이그러져
말없이 시를 쓴다

봄비에 젖어

봄은 하늘을 타고
시집 못 간 처녀의 그리움
가슴으로 온다

울렁거리는 마음 잡아 부슬비 내리고
흙냄새에 젖어 세상 색깔로 벌겋다

사탕 부르는 맹꽁이 울음소리
젖어오는 그리움
실비 속에 님을 떠나보낸
언덕바지
복사꽃만 하얗게 피어있다

시냇가에 버들강아지 꽃물 터지는 소리
빗속에 잦아들고
배부른 송아지 밤늦은 되새김하는데
처마 밑에 들고양이 한 쌍
졸음 키워 눈을 감는다

김문한

PROFILE

서울대학교 건축학과 명예교수
월간『모던포엠』수필 부문 신인상, 월간『모던포엠』시 부문 추천작품상
『문파문학회』시 부문 신인상
문파문학회, 한국문협 성남지부 회원
저서 : 시집『바람 되어 흘러간다』『내 마음 봄날되어』『그리움 간직하고』
수필집『그날 밤의 별』, 공저『가을 그리고 소리』『그림이 맛있다』외 다수

갈대

호숫가
하늘을 찌르는 갈대

비바람에 당당하던
푸르렀던 날의 꿈과 기상도

이제는
비워야 한다기에
가을볕에 생生을 말리고 있다

산다는 것은 죽는 것이고
죽는 것이 산다는 것이라기에

그날을 위해
울지 말자 하면서
바람에 흔들릴 때마다
시린 몸 서로 기댄 채 울고 있다.

일기장 2

빛바랜 문을 여니
그 안에
지난날의 그림자 보인다

별을 바라보고
그리워하던 소원
차마 내색하지 못할
가슴 적시는 깨알 글씨
그리워라
알몸으로 남아있다

가난한 마음으로 걸어온
파란만장한 발자취
아직도 꿈 찾아
저문 들판 걸으며
오늘을 돌아보는 나에게
언제고
그대의 미소 되겠다고
말없이 들려주는 젊은 날의 일기장.

꽃과 나그네

가도 가도 끝이 보이지 않아
되돌아갈까 망설이다

길가에 피어있는 이름 모를 꽃
한참 보고 있는데

얼굴만 보지 말고
냄새만 맡지 말고

깊은 겨울 맨발로 견디고
꽃다운 꽃 되어

모든 이의 미소 되려고 한
마음보라 한다

낙심하던 나그네
신발 끈 다시 조여 매고 힘차게 걸었다.

숲

숲속에 있는 온갖 작고 큰 나무
높낮이 따지지 않으며 양지든 음지든
선 자리에서, 넘보지 않고 정답게 살아간다
숲에서는 화장한 모시치마 저고리 입으신 어머니 냄새가 나며
때맞추어 잎 틔우고 꽃 피워 열매 맺는다
벌레, 짐승 그 안에 사는
생명체 모두 끌어안으며
새가 이 나무 저 나무 옮겨 다녀도
시기하거나 질투하지 않고 끈기 있게 차례 기다린다
비가 오면 다 같이 비를 맞고
강풍이 불어오면 서로 힘을 합해 견뎌낸다
나뭇가지 사이로 파란 하늘 흰 구름 흘러가는 그림 살짝 보이기도
밤이면 큰 나무 작은 나무에서 별들 숨바꼭질
바람에 장단 맞춘 소야곡 풀 속 벌레 소리 합창으로
천사들의 무도회장이 되기도
빛과 어둠이 공존하고 미움과 다툼이 없으며
서로 의지하고 존중하며 화목하게 살아가는
숲은 어머니 품처럼 따뜻하다.

저수지 2

낮은 곳에 있어도
외롭지 않다

흐르는 강물
바다 볼 수 없지만

내 안에 내려앉는
파아란 하늘
쉬었다 가는 흰 구름 친구 되고
때때로 새들 찾아와
물 마시며 지저귀는 소리
즐겁게 한다

어둠이 내리면
별님, 달님 찾아와 문안하고
둘레 풀밭에서 벌레들
노랫소리 외로움 달래어 준다

나를 낮게 내려 보아도
조금도 섭섭지 않다
가뭄 들면

한 방울의 물도 아까워하는 농부
나를 생명수로 생각하고
메마른 논밭으로 모셔갈 땐
너무도 기쁘다

낮은 곳에 있는 것은
너를 위해 나를 비우는 일이다.

삽이 녹슬면

시간에 매달려
삽질하며 살아가는 삶

기쁨과 슬픔 거기에 흘려보낸다

땅 파고 두둑 만들어 감자 심었고
모내기 위해 논둑 돋우고 물꼬 트는 등
쉴 틈 없었던 인고의 삽질

시간은 사정없이 지나가고
일에 지친 삽 점점 닳아 짧아진다

꿈 많던 삽
기어이 녹슬면
삽에 매달린 삶은 저물어가고

지나온 시간
흙더미 위에 남겨진 발자국
희미해지면
아무것도 걱정할 것이 없는
어두운 마을로 돌아가야 한다.

버리고 싶었던 짐

무거운 짐
감당하기 어려워 버리려 했으나

버리려고 하면 할수록
더욱 악착같이 등에 붙어
비틀거리게 했다

미움도 사랑인가
지금은 그와 정이 들어
버릴 수 없는 친구가 되었다

열매 품은 꽃은
따가운 햇살에 스러지지 않는다

세찬 비바람에
넘어지지 않은 것은 버리고 싶었던
짐이 등에 있었기 때문.

상처 난 물

일터에서
상한 마음 달래려고
선술집에 들러 한잔하고
늦은 밤 징검다리 건너 집에 갈 때
하염없이 우는 소리

귀 기울이니
쫄쫄쫄 흘러가는 물
엎드린 채 슬피 울고 있었다
아침에 건널 때 못 들었는데
맑고 맑은 저 물에
누가 돌 던져 상처 냈나

풀잎 모른 채 잠들고
별만 물 위에 떠 있을 뿐
상처 난 물소리
금 간 내 가슴 쓰다듬으며
흘러가는 소리 아닌가

그래
울음도 삭히면 힘이 된다니
시린 가슴 풀리도록 실컷 울어보자
내일을 위해서.

간이역

내린 사람
제길 찾아가고
기적 소리 멀어진 간이역에
혼자 남아, 기대했던
그대 만나지 못해
떠나보낸 기차를 후회했다
해는 저물어
어느새 민들레도 잠들고
주변은 어두워지는데
나는 어디로 가야 하나
간이역사 창을 두드려도
아무 대답 없다
갈피 잡지 못하고
지구의 한복판에서 서성거리는
내 자신을 탓하며
누군가 떠난 의자에 앉아
하늘의 별을 바라보고
살아갈 날들을 생각했다
뜻이 있는 곳에 길이 있다고
밤은 점점 어두워지는데
어디선가 은은하게
종소리 들려온다.

우물가 코스모스

푸른 하늘 아래
한 송이 코스모스
찬 바람에
한없이 흔들리고 있습니다
애처로워
오래 사셔야지요
말하는 나에게
걱정하지 말라던 얼굴에는
이슬이 맺혀 있었습니다

기어이 꽃은 떨어지고
그날 이후 살아온 세월
어느덧 가을 되고 보니
지친 몸 참으시며
자식 위해 우물가 지키시던
코스모스
줄기 썩어가는 것, 왜 몰랐는지
아픈 모습 보이지 않으려던
어머니 마음
늦게 더욱 서럽습니다.

수련 꽃

둑에 개망초꽃 피어있는
흐린 저수지 변두리에
햇살이 주고 간 선물
하얀 수련 꽃 누군가 기다린다

잔잔한 바람 불던 날
어디선가 해오라기 한 마리 날아와
푸르고 납작한 잎에 앉아
그녀와 한참 알아들을 수 없는 이야기
정답게 주고받는다

돌연한 인기척
해오라기 놀라 어디론가 날아가고
못다 한 이야기 간직한
수련 꽃 하얀 얼굴 더욱 눈부시다.

들녘 길에서

답답할 때
하던 일 멈추고
멀리 보이는 산, 높은 하늘을 바라보며
들녘에 간다

온갖 풀들이
저마다 생을 노래하고
눈에 띄지 않은 곳에
이름 모를 꽃도 피어있다

저 풀과 꽃
아무도 돌보는 이 없는
외로운 들에서
뿌리 탓하지 않고
비바람 참고 견디며
활기차게 살아가고 있지 않은가

걷다 보니
들길에는 누군가 걸어간 발자국이 있고
길가에는
소중하다고 생각하지 않았던 꽃들이

산들바람에 춤추고 있다

하잘것없다고
눈여겨보지 않았는데
삶의 들녘 지키는 저 풀과 꽃
누가 보든 말든
자기 몫대로
지구를 가꾸고 있으니
이에 더한 기쁨 어디 있겠나.

그런 그릇 되고 싶다

땀 흘리며
집에 온 나에게
어머니가 그릇에 담아준 물
꿀맛이었다
따가운 햇볕에 일하는 농부
따라주는 막걸리 한 그릇 가득 마시고
어! 시원하다 고마워하던 소리
지금도 귀에 쟁쟁하다
흙과 물로 빚어 만든 그릇
빼어난 모양 아니지만
밥 담으면 밥그릇
국 담으면 국그릇
물 담으면 물그릇 되어
언제 어디서나 쓰이며 다정하다
도적 염려하고
상처 날까 자주 쓰지 않는
금 그릇
가보는 될지언정 그릇이라 할 수 있나
따뜻한 정 담아
누구에게나 나누어 기쁨 줄 수 있는
그런 그릇 되고 싶다.

풀꽃

길가 풀 섶
이름 모를 꽃

눈여겨보지 않았는데

다정하게 사는 모습
아름답던 누이동생 생각난다

이웃을 시기하거나
뿌리를 원망하지도 않으며
살아 있는 것만으로 축복이라고

드러내지 않는
섬 아가씨 같은 수줍은 꽃

욕심 많은 이 세상
장미꽃 아니면 어떠냐

조용히 세상 밝히는 풀꽃 되어
소리 없이 사라진들.

바람 되어 흘러간다

나 이제
바람 되어
정처 없이 흘러간다

만나는 이마다
손 없는 손으로
어루만지고 기쁨 주며

가난한 집
부잣집 가리지 않고
문풍지 울리며
정다운 이야기 나누게 한다

메마른 들판 보면
구름 불러 비 내리게 하고
모가 자라면
소리 없는 음악으로 춤추게 한다

우연히 아주 우연히
그대 사는 마을로 흘러가다
시 낭송하면

웃음으로 화답해 줄까

혼자지만
흘러가는 곳마다
나를 반기는
친구들이 있어 외롭지 않다.

이주현

기쁠 때 꺼내보고
슬플 때 꺼내보고
외로울 때 꺼내보면
답은 그 안에 있더라
그리움은…

PROFILE

경북 영양 출생
『문파문학』 등단, 문파문협회원, 창시문학회원

가을

혼자는 감당 못 할
가을입니다

외로움은 봇물처럼 터지고
그리움 구름처럼 몰려오고

왜 또 하늘은
저리도 슬픈지
창문 두드리며 통곡합니다

바람에 흔들려 참지 못하고
뒹굴며 흐느끼는 단풍잎 하나
야심한 이 밤 어디론가 떠나고

외로움에 떨며
혼자는 감당 못 할
가을입니다

그대는 말이 없고

창 너머 외로운 숲길
허허로움이 가슴 한 켠 비집고 들어와
누워 버렸다

간간히 새소리도 들리고
붉은 단풍 하나둘
창틀에 매달리고

저 건너 철길 너머 희미한
그대 뒷모습 아련하다

불러보고 싶지만
달려가고 싶지만
시간이 없어
노을에게 부탁한다

그리움

마음이 빈 듯하여
뜰 앞에 나왔더니

별도 달도 먼저 알고
풀숲에서 기다린다

구름 한 장 손에 들고
달빛 불을 밝혀

시 한 소절 올려놓고
그대인 듯 바라본다

그리움은 삶의 에너지

살면서 아련한 그리움
누군들 하나 없으랴

기쁠 때 꺼내보고
슬플 때 꺼내보고
외로울 때 꺼내보면
답은 그 안에 있더라

세월이 주고 간 수첩 속에
겹겹이 쌓인 사연
그리움의 징검다리 되어
사랑으로 엮어 놓고
마음 한쪽 뚝 떼어
그대에게 보냈더니
돌아온 답은 그리움이더라

흘러간 약속

세월
보이지도 잡히지도 소리도 없이
수없이 흘러간 약속

그리움 뭉치고 쌓여
망부석 되었다

파도는 철석이며
임자 없는 키를 넘고

해운대 벌판 후미진 곳에
푸른 청춘 부식되어
만지면 날아가는
먼지만 서 있다

수십 년이 흘러도
사랑의 먼지에는
그리움이 흐른다

꽃다발

성취의 기쁨보다
더 큰 기쁨 있으랴

작은 성 안에
아무도 모르게 자라온
무명초 한 떨기

이제 문은 활짝 열었고
보랏빛 꽃잎에
산들바람은
詩人이란 이름표 달아주고 갔다

꽃다발 한 아름
행복 한 아름

기쁨은 함박꽃 되어
귀에 걸리고
향기는 집안 가득하다

낙엽

붉게 물든 잎새들이
회오리에 밀려
카펫을 깔고
비처럼 내리던 날

여인은
세상살이 다 덮고
먼 여행을 떠났다

끈은 남아
씨앗들 가슴 차지하고

온다는 기약 없이
하얀 연기 속으로 사라져

하늘엔
흰 구름 한 점 보이지 않는다

너 여기 있었네

별 따러 간다더니
여기 있었네

지난날 낙동강 뚝길
푸른 강물 흔들며
밤마다 울려 주던
트럼펫 소리

이슬비 내리듯
고요를 깨우고
소낙비 몰아칠 듯
심금을 울리더니

애절한 사연
잊은 듯 묻어 두고

잡초 우거진
양지바른 토담집

친구도 없이 긴 세월을
소쩍새는 지금도 울고 있는지

아련한 그리움
옷깃 적신다

별꽃

뜰 앞 정원에
밤에는 은하수
낮에는 하얀 별꽃

하도 예쁘고 신기해
오며 가며 앉아서 살펴본다

고 작은 손으로
땅을 헤집고 올라온 건

가랑비가
촉촉하게 도와준 것 같고

햇살도 따스하게
안아준 것 같고

바람은 솔솔
사랑을 준 것 같다

빈 그 자리

새들이 놀다 떠난 자리
우수수 단풍잎 내려앉고

아무리 다잡아도
누가 스치고 간 듯한 마음

괜시리 허전하고
아쉬움이 뭉클거리는 가슴

먼 산 바라보며
눈시울 뜨거워지고

돌아보면 아무도 없고

깊어 가는 가을 속에
빈 그 자리

빈집

매미가 허물 벗어 던지듯
집을 비워 두고
알맹이만 달려온다

비가 오면 빗 속으로
눈이 오면 눈 속으로
그리움 안고 달려오는 애절함

채워도 채워도
채워지지 않고
큰 구름 한 장으로도
채울 수 없는

그리운 빈집

시원해지고 싶다

살다 보면
두 다리 펴고
슬피 울고 싶을 때도 있다

아무도 모르게
오직 나를 위하여

저 깊은 곳에 숨어 있는 너와
붙어 있는 먼지까지도
훨 훨 털어서
한 올도 남김없이

터지는 봇물에
말끔히 씻어 버리고

이젠 시원해 지고 싶다

인생 2막

세월이 내 키를 넘더니
산허리를 돌아
빙그레 웃으며 간다

오색 구름 넘실거리며
오늘은 떠나고
더 찬란한 내일이 온다

봄 여름 지나면 가을이 오듯이
인생 2막은 육십부터

쌓였던 노하우 그려지고
탐스러운 과일로 익어 간다

후손들을 위하여
씨앗은 땅속으로 심어지고
나무는 숲을 이룬다

하늘에서 보낸 편지

눈비가 내려도
눈시울 붉히고
지는 단풍에도
눈물 그렁거리는 그리움

나르는 기러기 날개 속에
눈물 젖은 편지 한 장 넣어 주고
가는 길에 울 엄마 만나거든
전해 달라 했더니

오늘 새벽
하얀 백지 위에 못다 한 사연 적어
창문 앞에 겹겹이 쌓였어요

간간히 방울 방울
눈물로 점을 찍고
애절한 사연으로
그리움 듬뿍 담아 보내왔어요

행복은 부르면 온다

동천 기업은행 앞
손바닥만 한 구둣방 아저씨

어찌나 친절하고 상냥한지
명품가방이며 구두며
손님이 줄을 서고

아저씨 넉살에
지나는 길손도 배꼽 잡고 간다

아저씨 십팔번 곡 쨍하고 해 뜬 날

구두를 닦으며 어깨는 춤추고

허리춤에 찬 가방 속으로
행복은 쏙쏙 들어간다

노정순

2016년 10월 13일 목요일
가을 햇살처럼 늘 축복이길

P R O F I L E

충북 보은 출생, 분당 거주. 만도라 연주가, 음유시인, 시낭송가
『문파문학』 시 부문 신인상으로 등단
창시문학회 부회장, 뜨락문학회 회원, 한국문인협회 평생교육회원, 한국문인협회 문학낭송가회원,
국제여성강사포럼 회원, 낙생산업(前 CEO), 분당 만돌린 오케스트라 단원
수상: 제3회 천태산 은행나무 전국시낭송대회 은상 수상
저서 : 공저 동인지『짚가리』등

여름

하늘의 불 사태로
하루하루 숨통이 막히는데

불가마 무더위 속으로
촉촉이 스며들던 가랑비가 놀라
줄행랑을 치는구나

대장간 찌는 듯한 열기를
식혀줄 청량제 같은 소낙비
한 줄기 내렸으면
참 좋겠다

여름 한나절이 숯가마 불처럼
이글이글 타들어 간다

출산

난생처음 글 밭에
뿌려진 씨앗이 발아하던 날

두근두근 거리는 심장에
글 향기 피어나던 날

마침내 너를 출산하고
며칠을 앓고 일어나던 날

꽃무늬가 자잘하게 박힌
포장지에 배달된 선물 상자를
푸는 설렘으로
하루하루 너를 풀고 싶다

가을

드높은 하늘이
파랗게 불 지피면

들녘에
비단 물결 춤을 추면

살랑살랑 코스모스
갈 바람에 풀무질하면

가을 산천이
꽃 등불이 타오를 것이다

가을 오는 소리

창문 틈 사이로
속살거리며 몰려오는
저 소리는

여름 커튼을 흔들며
성큼 들어오는
저 풍성한 발걸음은

잠결에 파고드는
저 살랑대는 몸짓은

가로등 꼭대기에
두 날개를 펴 들고 서 있는
저 잠자리는
가을 소식을
전하러 온 것이 분명하다

글 씨앗

하얀 텃밭에
글 씨앗
까맣게 모종한다

고운 꽃씨
선별해가며

한 바가지
펌프 속 깊은 곳으로
물 마중 내려가듯

나 글
마중에 등불을 켠다

등댓불

달도 별도 없는
깜깜한 밤
등댓불 홀로
하얀 그리움 토해 낸다

희미한 그대 모습
파도처럼 밀려드는 밤

너에게 달려가고 싶다

삶의 모퉁이에

별도 달도 없는데
이슬 젖은 어둠은
깊어만 간다

놓칠 것도 잡을 것도
없는 삶의 길모퉁이에

황사 먼지 흙바람에
빠져나간 세월만 풍년이다

쌍암 저수지

너의 생각과 마음은
한결같이 맑고 고요하다

가을밤 홀로 휘영청 떠오른
보름달 가슴에 가득히 내리고

푸른 밤 갈대꽃 하얀 스카프 휘날리며
텅 빈 신작로 길을 걸을 때
너의 청아한 목소리는
수문을 넘어 비단물결 계곡 아래 흐느끼던 날

손에 손을 잡은 잡목들이 숲을 이루는
수몰나무 그늘 아래
참붕어 잉어 올갱이 징기미
계곡 아래 숨을 고르며
해 떨어지기만 기다리는데
하늘엔 샛별들이 초롱초롱 내려다본다

다복솔이 풍성하게 영역 금줄을 친 야산에
철 따라 풍경화 그림 선명하던 그 곳
뭇 새들이 반짝거리는 자갈 돌밭에 쉬어 놀던
쌍암 저수지 가을 풍경이 그립다

찜통 더위

가로수 나뭇잎 그늘 아래
매미동네는 오늘도
매음매매 매음매매 음
시끌벅적 잔칫집
모양 어수선하고 시끄럽다

바람마저 나무 그늘 아래
한가한 휴가를
즐기는 8월 무더위

푹푹 찌는 사막 한가운데
서 있는 빌딩 숲에는
휴대폰 전화마저 휴가 중인가
발길이 뚝

열대야가 기승을 부리던 날 밤
가랑비가 조용히 찾아와
유리문 앞을 서성인다

침묵

내 붉은 서랍 속에
가시넝쿨 찔레꽃 여백이
없었다면 가슴에 피고 지는
침묵의 의미는 없을 것이다

내게 주어진 하루의
시간을 감사하며
오늘도 침묵하는 연습을 한다

책장을 넘기며
추억을 걸으며
오늘 하루 길 죽을 만큼 사랑하며
침묵하는 연습을 한다

태풍

대장간 망치 두들기듯
힘을 합친 빗방울 소리가
깊은 밤 유리창을 때린다

횃불 밝혀 들고 호령호령하며
꿈길 걸어가고 있는
영혼들 흔들어 깨운다

너 뭔데

아직도 할 말이 남았니
한밤중에 달려와
앙다문 유리창 끌어안고
주르륵 주르륵 설게 왜 우는데

여름이 가는 소리

파도의 삶

검푸른 파도가
너의 삶이라면
새파랗게 멍이 들도록
부딪쳐 보리라

강풍에 방파제를
넘어 길을 잃을지 언정
수 없는 나날 밤낮없이
모래알에 부딪치고
모래성에 부딪치며
칼날이 성성한 바위틈에 부딪치고
칠흑 같은 어둠에
부딪쳤으면

바닷물은 저리도
검푸른 멍이 들어
저토록 치밀어 오르는 한을 토해 내는 걸까

바다는 오열하며
상한 붉은 그물을 손질하는데
지척을 분별할 수 없는 서리만 고요하다

홍련화

첫 새벽
맑은 이슬 정한수
받쳐 들고
붉은 연등 불 올리는
홍련화

이종선

PROFILE

충남 천안
창시문학회 회원

가을바람

수표교 달빛다리 함께 거닐던
발자국 따라 바람과 속살대며
별밤 기다려도 보았네

어둠 내려앉은 벤치에 나란히
가슴에 숨겨둔 그 목소리
바람 타고 올까 기다려도 보았네

카페아리아 커피 향기에 취한
그대 눈동자 속에서
허우적거려도 보았네

언젠가는 그 가슴에 풍덩 빠져
따스한 손 잡고 몽환의 여정 길
몇 날을 걸어 보고도 싶다네

가을에 띄우는 편지

강렬한 폭염 이글대는 열대야
희뿌연 하늘에 매달린 별들
높고 푸른 하늘 그리워
너에게 편지를 쓴다

가을아! 오늘이
두 발짝 늦은 처서處暑인데
너는 어이 주눅 든 모습으로
변방을 맴돌고만 있느냐
네가 원망스럽구나
모두 애타게 생명줄 흔들며
밤잠 설치는 비명소리를 너는
정녕 듣지 못했단 말이더냐

그래도 아침저녁으론
제법 싱그러운 바람이
창문 넘어 성큼 다녀갔음을
나는 알고 있단다 언젠가
릴케의 소망대로
이틀이나 더 햇볕을 주어
포도주에 단맛 스미게 해 줬으니

내 간절한 부탁도 들어주렴

선들바람 불면
살아갈 날들 알 수 없으니 나는
한가로이 책도 읽고
시詩라도 한 수 읊으며
길섶에 핀 들국화 한 송이
동구 밖 홀로 서 있는 둥구나무
창문 때리는 서릿바람까지도
사랑하며 살려 하는데

강남역

젊음과 낭만의 꿈
예술과 자유가 어우러진
위트니스 감독의 영화 속 주인공
쫓고 쫓기는 무법의 전쟁터 같은
해 떨어진 강남역
일상의 경계 유지하는 도시
달도 별도 기웃거린다

혼돈의 흔적 지우려
꿈 찾는 순수의 관객들
더러는 어두운 가슴으로
날 선 신경전 벌이기도 하는데
조각달 잠든 적막한 해우소엔
선무당 작두 위에 춤추며
칼날 휘두른다

백합 한 송이 손에 들고
고개 숙여 묵상한다
아직은 아니라고 애원하는
얼굴 모르는 영령 위해
담벼락엔 시인들 글 올리고

낭송하기도 하는 추모객
하나둘 구름 이룬다

나도 한 번쯤 저 거리
서성이던 시절 있었는지
더듬어 구름에 묻어간다

이슬

나는 몰랐습니다
하루를 열기 위해
이슬이 된 그대를
햇살 쏟아지면
말없이 떠나는 당신
원망도 했습니다

별도 잠든 하늘길에
뽀얀 안개 되어
풀잎에 살포시 내려앉은
영롱한 눈망울 사랑을
저만치 훔쳐도 보았습니다

붉은 햇살 서러워
은하수 송알송알 운무를 이루며
그대 가시는 그 길에
햇살 가려줄 한 점
구름으로 살려 합니다

그 길을 간다

간다
우리 모두 다
즐
겁
고
아
팠
던
되돌아갈 수 없는
그 길~

태양의 신으로
영
원
한
윤
회
의
시간을 잡고
끝도 보이지 않는
그 길을 간다

그날도 하얀 눈이

구름 타고 놀던 아기천사들
먹다 흘린 과자부스러기

하~얀 면사포에 흩날리며
꽃비 내리면
햇님 달님 손 잡고 수월래놀이에
별들 반짝이는 환호 소리 그립다

오늘도 그날처럼
하얀 꽃비 내리는데
둥둥 아기 재롱놀이 마냥 즐겁다

꽃비

남풍 불면
아지랑이 너울춤에
버들개비 새 옷 입고
수줍게 하품하는 이파리 귀엽다

꽃비 맞으며
냉이랑 돌나물 캐던 소녀
햇살 바른 언덕에
시름 묻지는 않았는지

그대 그리다
꽃비에 젖고 술에 젖어
개구쟁이 아이들 따라
다람쥐 같은 삶을 배운다

봄이 오면
꽃비 내리는 날 붉은 사랑 하나
그녀 가슴에 심어주고 싶어라

몰래 한 사랑

가을낙엽 하나둘 익어가는 밤
억새풀숲 담장삼아 눈빛 맞추며
그대 빗장 풀어 감춰둔 내 심장
꺼내 들고 속살대던 그 사랑 뒤에는
아프고 시린 날 더 많았다네

햇살에 까맣게 타버린 사연들
꽁꽁 묶어둬야만 하는
애틋한 사랑 하나 있다네
예쁜 가슴 드러내지 못하는 눈물
올빼미 삶을 배우고도 싶었다네

그대 눈물 훔쳐주며
별밤이어도 가슴 꽁꽁 여며줄
그 사랑 오래 간직할 수 있다면
붉게 물든 낙엽 길 손잡고
조근 조근 걷고도 싶다네

몰래 한 사랑
둘이만 들을 수 있는
다정한 그 속삭임까지도

감춰야만 하는

아픈 사랑 하나 있다네

무지개 사랑

안개비 놀다간 산마루 길섶에
한 점 이슬로 방울꽃 닮은
그대 가슴에 예쁜 집 짓고
일곱 빛깔 그 여울에 풍덩
빠져 보고도 싶었는데요

어제는 그녀의 따스한 손 잡고
핑크빛 몽환 길 걸으며
무지개 빛보다 더 황홀한 이슬눈물이
내 가슴에 소록소록 내리는
아픔의 그 소리도 들었다네요

가을엔
이 가을엔 한 송이 방울꽃 이슬
가슴 깊이 꽁꽁 숨겨두고
모두가 잠든 고요한 밤이면
나 혼자 살포시 보려는데요

밤에 이루어진다

밤을 끌어다 놓은 햇님
바닷물에 안기면
하루살이들 요동을 한다

사랑 찾아
삶의 경계 넘나들며
유혹의 눈빛 번뜩인다

박쥐를 닮은
어둑한 그곳에선
나도 자유롭지 못해
생명줄 내놓고 도박을 한다

은밀한 거래는 밤에 이루어진다

삶의 질곡에서

대추나무같이 단단해 보여도
가시를 품은 외로운 그대

속이 꽉 찬 것 같아도
대나무같이 텅~빈 그대

지난밤 나는
그대의 텅 빈 그곳 헤집고 다니며
낄낄 웃어도 보았답니다

그대 손 잡으려 해도
만지면 꺾일까 두려워 바라만 보며
촘촘히 쳐놓은 덫을 보았습니다

수다

참새 떼들
찻잔 앞에 놓고 수다 떨며
이빨 고르기를 한다
별도 달도
어둠의 골목에서 바라보면
더 아름답다고
히히덕거리며 수다로
배를 채운다

시간을 허리춤에 묶어놓고
고리에 고리를 풀어
배꼽마저 내놓고
연속극 남친 얘기엔
귀 쫑긋 세우더니
서방님 얘기는 고루하다며
부정과 긍정의
경계를 넘나든다

얼음달 사랑

노을빛 머리에 이고
그대 옷자락에 매달린
세월의 흔적 지우려
햇살 바른 도래샘 나들목 찾아
고운 가슴에 얼굴 묻는다

서릿바람에 가슴 시려도
까~만 밤 서성이며 기다리다
지쳐 잠들 그녀 생각에
차가운 얼음 달 호호 불어
안개등 만들어 주려다
희뿌연 연기만 내뿜는다

이 가을날엔

하늘구름 이불 삼아
그대 무릎 베고 누워
예쁘게 채색된 작은 가슴에
거친 둥지 하나 틀어놓고
내 안의 나를 들여다본다

햇살에 묻어가는 바람으로
자유분방한 삶의 장터 같은
칠호선 일번출구 앞에서
가시 돋친 방망이 휘두르며
내지르던 기적 소리 서글퍼

이 가을날엔
눈물비 내리는 회색 하늘이어도
검은 우산 내밀어 손잡아 주던
따스한 그 손 잡고
낙엽 길 오롯이 걷고 싶다

어둠의 빗장 풀고

일상의 해그림자 드리운 그곳
알고도 모른 척 눈 질근 감고
허상의 웃음소리에 묻어
세월에 매달려 통곡하는 저
깊고 낮은 곳으로의 울림
작은 가슴 저미는 소리 들린다

생사의 문턱 넘나들며
콧줄에 매달린 삶을 끌고
가습기 운무 속을 헤메이다
자꾸만 자꾸만 뒷걸음질 치던
아우성 소리 그 질펀한
흔적들 지우려 헛발질만 한다

어둠의 빗장 풀려고
아가도 엄마 아빠도
탯줄에 매달려 할딱이던 미생아도
산소통 끼고 사는
굴곡진 삶의 흉광兇狂, 하나둘
영원의 침묵 저편으로 사그라진다

까~만 장맛비에
시리도록 아픈 기억 쓸어 보내도
마음은 언제나 그곳으로 향한다

윤복선

P R O F I L E

충남 부여 출생
창시문학회 회원

장미

사랑해요 이 한 마디에
다 담을 수 있었던 그 옛날의 열정
청춘이 피어서 물들였던 너와 나

모든 게 처음이었던 그 날을 기억하며
눈 뜨니 피었더라 고요하게
열매가 없는 너는
가시마다 부탁만 남기고
항상 붉어서 내게로 오더라

지금은
사랑해요 이 한 마디에
고마워요 붙여서
눈물을 쏟아도
정녕 피지 않는 꽃!

오월의 신부

아주 오래전 오월의 신부
아카시 한 아름 부케로 받고
눈물 쏟았던
순백의 아름다운 신부

징검다리 건너고
시냇물 돌돌 대는 그 길 따라
아이도 낳고 쌌다가 풀었던 보따리
하고 싶은 얘기 너무 많아
반백이 되었습니다

아카시 하얀 부케 안고
푸르른 들길 걸으며
건강해 주오
오래오래 내 곁에 있어 주오
기도하던 사람

십 년에 한 번 여섯 번의 부케 안은
노부부의 긴 그림자
느낌표 두 개가 노을 속으로
천천히 걸어가고 있습니다

마애보살

바람 따라 나뭇잎이 움직이는 찰나는
표현할 물감이 없고
문경 용암사 바위산은
달구벌의 천년지기 나를 품어주었다

돌바닥 계곡물은
사랑을 씻고 정을 쓰다듬어
수천 해 흘러서 어디로 갔을까

초파일 등 하나 없는 대웅전에서
알듯 모를듯 부처 닮은 미소로
큰 스님은 마음을 보라 하시고

마당에 핀 할미꽃은
빗살무늬 바람씨만 앙상한데
목단은 속절없이 흐드러진다

묵언수행 동행길에 산새도 숨죽이고
돌계단 하나하나 내 이름 불러보다가
바위에 새겨진 마애보살 앞에
합장한 너는 닉네임이
윤복선이란다

느티나무 -남한산성 다녀와서-

보라
저 능선을 휘돌아
말 달리던 장수
창공 구름 한 편 역사는 비로 내리고

몇백 년 느티나무
누가 두고 갔나
지금도 그 자리

병자호란 인조의 피정도
장수의 시름도
어느 병사의 사랑 이별도
보았겠지

잎새 하나하나
전하지 못한 마음
오늘 우리 노래도 들었겠지

사대성문 한양 땅으로
길이 열리면
분주했던 마차 소리 감감한데

오늘 밤은 KBS 열린음악회
느티는 잠을 설치고 기다리겠지 또,
어제처럼!

친구야

피었다가 사라진 봄꽃자리
치자꽃 같은 밤이었나
백합 같은 밤이었나
말하지 않아도 통하면
곁에 두지 않아도
외롭지 않을 거야

파도 거품 치고 날으는 갈매기
불 꺼진 등대 밑에 앉아
더 이상 항구가 아니라며
평생 여자로 살지 않았다던 너는
말하는 꽃
생각하는 나무

시작하려는 연인의
심쿵이 되어서
두 손 모아 기도하는 꽃봉오리
눈 뜨지 말고
잡은 손 놓지 말고
가자

가을 삶

등이 굽은 농부는
들녘의 땅과 하나이고
가을바람과 하나이고
구름 한 점 없는 하늘과 하나이다

당신의 삶 그냥 가을이다

나는 창가에 앉아서
여기 들꽃 핀 언덕 바라보고
단풍 내린 먼 산 바라보고
저기 구름 걷힌 가을 하늘 곱다 한다

나는 그냥 가을 구경꾼이다

한 남자

저기 한 남자가 걸어가고 있다

부족해서 미안하고
모자라서 아픈 것을
마중물 같은 사랑으로
남자는 걸어가고 있다

여명이 새벽을 깨우고
안개 짙은 길 위에
꽃 하나 피고
별 하나 뜨고
비 오면
쉬어는 가도 되돌아가지 못하는 남자는

있어야 할 그곳에 있기 위해
길이 없는 그 길 전설처럼 걸어가고 있다

사랑에 옹졸하고
고마움에 무뚝뚝하며
미안함에 부끄러운 어색함을 깨고 싶어
길 위에서 끝없는 선택을 하는 남자

길이 끝났을 때
남자는 낙엽처럼 손을 들어 안녕했다

찻잔

너를 만날 준비에
가슴 뛰고 있다
쉼표처럼 느낌표처럼
우리 만나서

가을이 깊어가는 향기
담배 연기처럼
타다가 만 이야기가
허공으로 날으면

너를 잡고
알듯 모를듯 미소도 짓고
그런 나를
따뜻하게 안아주는 너

네 마음에서
나와 함께했던
모든이의 그리움이
세월만큼 우러나고

젊음도 함께 하며
흠집이 있어도
버릴 수 없었던
나만의 너

산다는 것은

오십 계단 오를 때는 휘파람 소리
내려오는 오십 계단
걸음바람 소리 없이
낙엽처럼 춤을 춘다

오늘 눈 떴으니 해가 오르고
차 한 잔을 느끼니
하루를 살아야 했다
하루를 살았다

남은 시간 모으고 달래서
꿈을 꾸어볼까 하다가도
용기 내 볼까 하다가도
부질없다 시름처럼 짐이 되어

지금이 행복하다 자족하니
오늘도 해는 서산에서
길동무 찾는 양 구름 헤집고

천리만리서 들려 오는
아득한 굽소리 하나

추억으로만 곱씹는 젊은 날이여

그래도

당신은 찬란했노라

목수국 피는 밤

가로등 밑에 키 작은 보얀 그리움
그 무엇으로 고개 떨군
너
때문에
가던 길 멈추고
내 마음 자작자작 모두 태웠다

물 흐르는 숲길에
여름 풀벌레 소리
칠흑 같은 어둠 속에서
요란하게 불러도

한여름 밤
침묵으로 말하고
기다림으로 자라는
너
때문에
곁눈 주지 않고
내 진심 내려놓고 말았다

너의 맘

언제 변할지
내 마음
언제 떠날지
이 밤엔 묻지 않기로 하자
아니 아니 묻지 말자

삶의 혼돈

먼 산 능선이 능선을 물고
깊은 침묵으로 잠이 들었을 때
파란 하늘이 울타리를 치고
구름 걷어 쉬어 갈 때
이름도 없고
나이도 없는
그리운 얼굴 하나 능선에 올렸을 때
해가 되고 달이 되어
눈 감아도 그 얼굴 다시 내게 올 때
타는 목축이고 숨이 차는 문턱을 넘어설 때
우여곡절 끝에 어둠에서 그 얼굴 찾았을 때
남들이 불러주는 그 이름 들었을 때
바다는 갈려 있고
꽃은 꽃이 아니며
나는 내가 아님을 처음 알았을 때
현존의 내 삶이 온통 어지러울 때
시詩어를 좇아 나를 찾기 시작했을 때
당신을 내 삶의 연인으로
숨겨 놓았다

그랬구나

양수리 강물은 탯줄처럼
나를 잡고 놓아주지 않았다
하고 싶은 말 목구멍으로 삼키고
저녁해는 검붉게 지고 있었다

연꽃 진 자리
잎은 핏기없는 얼굴로 목을 길게 빼고
그리운 이들의 단체사진처럼 내게 왔다
세미원 정원 등이 어둠을 희미하게
걷어내고 있을 때

바람이 왔다 갔을까
떨군 잎은 지표 잃은 난파선 가슴을 파고
이기고만 싶었던 젊은 날
지고만 살았던 자화상 하나

강물처럼 흐르고 싶었다
지는 해처럼 평화롭고 싶었다
이제는 연꽃으로 다시 피고 싶다

잃어버린 소녀의 꿈

가을비가 추적추적
시간을 불러 마주한 너는
얼굴도 기억 못 할 작은 계집애
어느 꿈속에서
아니 전설속에서
세상을 바꾸며 살겠다더니
그것만이 꿈이라더니
파전 한 입
농주 한 잔
가을비는 추적추적
구름도 쉬어 갈 수 없는
외로운 산이 되어 젖고 있다
이제는 이름도 나이도 잊어라
비가 내리는 허공에 매달려
파르르 떨고 있는 거미집
빼곡한 빗방울 실크 스카프처럼
바람에 춤을 춘다
마지막 남은 농주에 입술을 대고
저기 춤추는 소녀를 보내려 한다

기도

보이지 않는 것을
들리지 않는 것을
말하지 않는 것을
느끼게 하소서

표류하면서도
목적지가 있는 것이
삶이라면
염치가 없어
내 기도는 생략하고
살기로 했습니다 그러니

바람이
햇살이
하늘이
우리를 위해
기도하게 하소서

피고 지는 곰배령

곰배령 연내리 금옥 씨는
나이가 쉰넷
담배도 피고
강아지 식구가 이십여 마리
깊은 계곡 칠흑 같은 어둠만이 있는 곳에
혼자 사는 여인입니다
정리되지 않은 뒤뜰
들꽃 사이 고추 파 함께 자라고
감국 인증지쑥 구절치 야생박하
한 잎 한 잎 차를 만들고
자연과 함께 인생도 만듭니다
일 년 중 겨울은 휴가입니다
새벽 세 시 별이 제일 이쁘다면서
쏟아지는 근심 같은 별도 보고
노을이 예쁘면 날씨가 흐리고
밤하늘이 아름다우면 재앙이 온다면서 웃는 그녀
왜 이곳에 있는지
무슨 연유인지 알 수 없으나
궁금했으나
묻지 않기로 했습니다
유리잔에 감국 구절초 다시 피고

이야기도 피고

이 밤도 피고

이부자리도 피다가

아침 오면 모두가 지겠지요

이비아

초록을 고르게 희석하고
빨강을 알맞게 정제해야
비로소 볼 수 있는 갈빛 아름다움
가을의 철학자처럼 깊은 너
너와 함께라면
홀로 있어도 외롭지 않아
고독만큼이나 고혹한 벗이여!

PROFILE

서울 출생. 음악 학원 운영. 이화여대 음악교육 전문교육 수료.
한국방송대 국문과 졸업. 한국방송대 국문과 편집국장 역임.

커피 한 잔

너와 함께라면
홀로 있어도 외롭지 않아
그윽한 향기 따뜻함에
마음의 온도 올라가니까
너는 나에게 묻곤 하지
고독만큼 좋은 벗이 있을까
고독만큼 감미로운 벗이 있을까
초록을 고르게 희석하고
빨강을 알맞게 정제해야
비로소 볼 수 있는 갈빛 아름다움
가을의 철학자처럼 깊은 너
너와 함께라면
홀로 있어도 외롭지 않아
고독만큼이나 고혹한 벗이여!

봄의 소리

한결 부드러운 바람
뒷동산 산모롱이 깃들고
봄볕에 잠 깬 나뭇가지들
연둣빛 인사 보내고 있다

한 옥타브 높아진 새 소리
긴 겨울잠 털어낸 참나무 소나무들
여기저기 숨 고르는 숲속의 조율
봄의 오케스트라 서곡이 흐르고 있다
세상에 이보다 더 생생한 연주가 있을까
귀 기울일수록 생동하는 자연의 음악
브라보!
브라보!
생명을 지휘하는 최고의 마에스트로가 있다

여름

햇살도 활짝 펴지기 전
매미들이 피나게 웁니다
그 작은 몸에서
저리도 피 묻은 소리가 나오는지
암흑의 긴 세월 깨고 나왔기에
지상의 빛이 벅차게 다가오나 봅니다
빛을 그리던 시간에 비해
아침이슬같이 짧은 일생

태양의 한 계절
혼신을 다해서 울다가
바람에 흩어질 허울 하나 남기고
훨훨 날아가는 매미들이
홀연 흔적의 물음을 던집니다
매미들의 코러스 애절한
녹음이 짙푸른 여름날 하오

가을 단상

결승선에 박차를 가하듯
마지막 열기를 더하는 햇빛
가을은 소리 없이 오고 있었네
좀처럼 끝나지 않을 것 같던 폭염도
해가 지면 산들바람
풀벌레 소리 또랑하니
오곡백과 익고 있네

무릇
무르익는 것은 성숙해지는 것
달콤한 과육 머금은 열매들이
청명한 하늘만 있었을까
궂은비 견딘 날도 많았지
가을은 그렇게
익어가는 것들의 계절
풍요롭게 익은 인생처럼

문득 생각하니

너에게 이름 하나 지어주고 싶다
들꽃 핀 들길
억새풀꽃 하늘대는 밭
태양이 부서지는 호숫가
걸어갈 수 없는 거리
네가 있어야만 갈 수 있는 길
너와 함께 달리면
세속에서 멀어지는 길
자유로운 날개를 펼치는 시간
울적함 날아가고 종달새처럼 가볍다

너를 멋진 이름으로 불러주고 싶다
이름은 누구에게나 중요한 법
살아있는 모든 것들은
이름이 주어질 때 의미가 생긴다
너의 모습은 무난한 무채색
기질은 무던하고 무공해
파랑새의 날개를 가졌으니
마이 프랜드
너의 이름은
블루버드Blue Bird

등대섬

사시사철 불어오는
바람의 언덕에서
한결같이 서 있는
하얀 등대섬 하나

암흑 같은 밤
거센 파도에 흔들릴 때
안도의 빛으로 이끌어주는
따뜻한 등불 같은 섬

물새들만 노니는
해안의 절벽에서도
푸른 영혼 반짝이며 서 있는
희망의 등대섬 하나

남국의 작은 섬

일곱 가지 바다빛을 가진 작은 섬
태양과 별들이 살아있는 곳
머나먼 육지를 떠나온 그대
모래장난에 해 지는 줄 모르는 아가처럼
순수의 세계로 몰입해 보자
살아있음 하나만으로도
눈부신 존재存在의 기쁨이 있다

산호와 진주들 숨 쉬는 작은섬
잔물결 고요히 밀려오는 곳
회색빛 도시를 떠나온 그대
문명이 새들지 않는 바닷가에 누워
밤하늘 무한한 별빛을 보자
원시로부터 오는 영혼의 보석
빛나는 자유自由가 있다

우리도

꽃등을 밝혀든 노란꽃 산수유
우리도 환한 미소꽃 지어보자
온산에 번지는 분홍빛 진달래 꽃
우리의 가슴도 고운빛 들여보고
한폭의 그윽한 산수화 춘란매화
사군자 그 기품 살포시 받아보자

하늘을 향하는 목련꽃 상아빛
우리도 이상을 향한 꿈 꾸어보자
그지없이 피고지는 벚꽃처럼
여한없이 사랑으로 살고지고
싱그러이 돋아나는 초목 잎사귀
우리도 한껏 마음의 새옷 갈아입자

비 오는 날의 수채화

비님 오시는 길이 좋아서
촉촉한 거리를 걸어갑니다
가뭄에 단비 오시니
생명수이며 축비입니다
싱싱해진 가로수 나뭇잎들
물보라를 일으키는 자동차들
영화관 앞으로 밀려가는 인파들
모두가 생기를 찾았습니다

생명의 시원始原에서 달려온 빗방울
손바닥에 받아드니 생기가 스며듭니다
비 개이면
도심의 가로수 싱그럽고
숲속의 맑은 피톤치드가
지친 도시인들을 달래줄 것입니다
비님 오시는 길이 좋아서
비 오는 거리를 마냥 걸어갑니다.

다시 그릴 수 없는 그림

하얀 여백에 물감을 풀듯
내 마음 채색해볼까?
팔레트에 담긴 물감들
저마다 다른 빛깔을 지니고
화가의 개성에 따라 그림이 달라지네
따뜻한 계열을 자주 쓰면
온화한 그림이
차가운 계열을 자주 쓰면
차가운 그림이 되네

어떤 빛깔의 물감으로
내 마음 채색해볼까?
화려한 치장을 해볼까
모노톤으로 단순해볼까
한 걸음 물러난 배경이 될까
미완성 여백으로 남겨둘까
아름다운 불후의 명작은
세월이 흘러도 빛이 바래도
여운을 주는 그림이네
오늘은
나의 가장 좋은 빛깔로

나만의 그림 한 장 그려볼까
빛이 물방울에 스미어
예쁜 무지개가 만들어지듯
사랑의 색상을 만들고
기쁨의 명도와 감사의 채도를 높여
다시 그릴 수 없는 그림
오늘의 화가가 되어볼까

들국화

가을 언덕 작은 꽃송이
이맘때면 해마다 반겨주네
그 곁을 지날 때마다
조심스레 맡아보는 향기
코끝 스치어 가슴에 스미네
가꾸지 않아도 철을 아는 너는
홀로 피어 있어도
어우러져 있어도
발걸음 멈추게 하네
가을바람 소슬한데
햇살처럼 밝은 미소가
화려하지 않아도 어여쁘네
내공內工이 숨어있는
너의 향기는 어디서 오는 것일까
가을을 기다리며
깊은 향기 빚어낸
내 가장 좋아하는
가을의 꽃이여

낮은 곳으로

강물이 유유히 흘러가듯
시간의 강물도 흐르고 있네
산골짝에서 발원한 샘물은
지금쯤 바다에 닿았을까
누가 가르쳐주지 않아도
샘물은 시냇물을 찾아서
머나먼 여정을 돌고 돌아서
평야와 바다를 향해서 가네
높은 곳에서 낮은 곳으로
세상의 가장 낮은 곳으로 가네
낮은 곳에 이르러서야
이윽고 보이는 대양의 세계
바다의 가슴이 넓고 깊은 것은
일찍이 낮아지는 길을 찾았기 때문이네

가장 아름다운 손

엄마가 병석에 누우신 동안
단풍이 짙어지고 가을이 깊었어요
병실에서 바라보는 바깥 풍경은
이곳과 대조적으로 신선해 보여요
아직도 푸르른 나무들 사이로
빨강노랑 예쁜 옷을 입은 단풍이
어릴 적 크레파스 그림 같아요
엄마는 예전부터 고운 색을 좋아하셨지요
맘씨 고우시고 선량하신 엄마
말수는 적으시지만 인정 많으시고
음식 솜씨도 뛰어나셨지요
엄마 처녀시절 고향 집 할머니들은 말씀하셨지요
"수진이는 가랑잎을 무쳐놔도 맛있을 거야"
바느질 솜씨도 얌전하셔서 이모 시집가실 때
엄마가 한복 만들어 주시고
손수건 백 장에 수 놓아 주셨지요
오늘 엄마 손을 만져 보니 바싹 마른 가랑잎 같아요
이 손으로 우리 사 남매를 위해 한평생을 희생하셨지요
가파른 산과 풍랑의 바다도 헤쳐 오셨지요
한 때는 엄마의 손도 단풍잎처럼 예뻤겠지요
가랑잎 같은 엄마 손이지만 여전히 따뜻해요

이 세상에서 가장 아름다운 손

너무나 소중해서 눈물로 어루만져요

엄마

창밖엔 단풍이 촛불처럼 타오르고 있어요

엄마를 가장 사랑하시는 분께서

엄마의 손을 꼬옥 잡아 주실 것을 믿기에

엄마의 손이 이리도 따뜻한가 봐요

사랑은 말하지 않아도 느껴진다지만

사랑한다고 말할 수 있을 때 말할래요

안아주고 볼에 입 맞추며 자주 말할래요

사랑해요 엄마

오월의 장미

장미 중의 장미는
누가 뭐래도
빨간 정열의 화신
오월의 장미여라

붉지 않으면 장미가 아니라는 듯
붉디붉은 꽃
고혹적 향기를 발산하지만
도도한 가시를 지니고 있어
함부로 꺾을 수 없어라

한 송이 꽃으로도
선연한 빛깔
그 아름다운 충만

큐피드의 화살을 받아서
사랑을 고백하는 꽃이 되었어라

장미 중의 장미는
누가 뭐래도
빨간 정열의 화신
오월의 장미여라

작은 별

아스라이 먼 나라
작은 별 하나둘 눈을 뜨네
별들이 하나둘 깨어나면
초롱초롱 꿈을 꾸는 밤하늘

별의별 꿈들의 별천지
조각배 띄우고 건너가 볼까
안드로메다은하 어디쯤
별이 된 꿈들이 날고 있을까

사막의 밤처럼 고적한 밤
작은 별 하나둘 헤어보네
몇백 광년 시공간 너머의 별빛
오색영롱한 꿈을 주네

마침표 없는 편지

창 시 문 학 열 아 홉 번 째 이 야 기

창시문학회 지음